KB273229

*"My dear children, I am very anxious that
you should know something about the history of Jesus Christ.
For everybody ought to know about Him."*

"얘들아, 나는 너희가 예수 그리스도의 이야기를
반드시 알았으면 한단다. 모두가 그분에 대해
알아야 하니까."

*"Live like Him—be good, humble, kind, honest,
and considerate of others."*

"그분처럼 착하고, 겸손하며,
친절하고, 정직하고, 남을 배려하며 살아가거라."

목차

번역 동기

현재 미국에서 흥행 중인 장성호 감독의 애니메이션 "왕 중의 왕(The King of Kings)"을 통해 이 책을 처음 접하게 되었습니다. 찰스 디킨스가 자녀들에게 예수님의 생애를 동화처럼 들려주는 이 책이 한국의 부모들과 자녀들에게 큰 유익이 될 것이라는 생각에 이렇게 번역을 할 수 있었습니다.

이 책은 원래 찰스 디킨스가 여덟 명의 자녀를 위해 쓴 책이지만 "The King of Kings"를 의식하여 애니메이션에서

는 찰스 디킨스 본인과 아들 한 명만이 주인공으로 나오기 때문에 대상을 아들 한 명으로 결정하고 번역했습니다.

이번 번역을 통해 한국의 많은 학생이 이 책을 접하고 진정한 사랑 이야기를 기억하면 좋겠습니다.

최 다니엘이 소개하는 찰스 디킨스와 핵심 메시지

디킨스는 개인적으로 깊은 기독교 신앙을 가졌지만, 경직된 교리주의나 위선적인 종교인들에는 비판적이었습니다. 그의 종교적 태도는 다음과 같습니다.

신앙은 삶의 도덕과 실천을 위한 것이어야 하며, 위선적인 신앙은 가짜라고 여겼습니다. 그는 예수님의 인격, 자비, 겸손, 사랑을 강조했고, 복음서에 나타난 예수님의 삶을 도덕적 이상으로 여겼습니다.

『The Life of Our Lord』에서도 예수님을 엄격한 신이 아니라, 사랑과 친절의 상징으로 묘사합니다. 예컨대 디킨스는 다음과 같은 교훈을 아이들에게 전합니다.

"그분처럼 착하고, 겸손하며, 친절하고, 정직하고, 남을 배려하며 살아가거라."

이것이 디킨스 신앙의 핵심이자, 이 책의 핵심 메시지이기도 해요. 예수님은 이 메시지를 하나의 이야기로 담아냅니다. 바로 "탕자의 비유"입니다.

그 부분을 소개합니다.

『그리고 아주 감동적인 '잃어버린 아들' 이야기, 우리가 잘 아는 '탕자의 비유'도 들려주셨어. 어느 날, 둘째 아들이 아버지에게 말했단다. "아버지, 제 몫의 유산을 주세요."

아버지는 아들의 말을 들어주셨고, 아들은 먼 나라로 가서 돈을 마구 써버리고 말았지. 결국, 아무것도 남지 않아 돼지 먹이로 배를 채우게 되었단다. 그제야 아들은 깨달았어. "내 아버지 집에는 먹을 것이 많은데, 나는 여기서 굶고 있구나. 아버지께 돌아가자."

그가 집에 돌아왔을 때, 멀리서 그를 본 아버지는 달려와 아들을 안아주셨어. "아들아, 잘 돌아왔구나! 나는 언제나 너를 기다리고 있었단다." 그리고 큰 잔치를 열어 아들을 기쁘게 맞이했지.

아들아, 이 이야기처럼 우리가 잘못했더라도 하나님께 돌아가면 하나님은 우리를 책망하지 않으시고, 기쁘게 안아주신단다. 예수님의 비유 하나하나에는 하나님의 사랑이 가득 담겨 있어.

우리도 좋은 땅 같은 마음이 되어, 하나님의 말씀을 귀하게 여기고 사랑을 나누며 살아가자꾸나.』

- 다니엘 최

Preface

Motivation for This Translation

I first encountered this book through director Seong-ho Jang's animated film The King of Kings, which is currently a box-office success in the United States.

Convinced that Charles Dickens's story — *presenting the life of Jesus to his own children in the style of a fairy tale* — would greatly benefit Korean parents and their children, I decided to translate it. Although Dickens originally wrote the work for his eight children, the animation focuses only on Dickens himself and one son, mindful of The King of Kings. Accordingly, I chose to address the translation to a single son.

I hope this edition will introduce many Korean students to the book and help them remember this timeless story of true love.

Charles Dickens and the core message of this book

Dickens personally held a deep Christian faith, but he was critical of rigid doctrinalism and hypocritical religious figures.

His religious attitude can be summarized as follows.

He believed that faith should lead to moral living and practical action, and that hypocritical faith was false.

He emphasized the character of Jesus — *His compassion, humility, and love* — and regarded the life of Jesus depicted in

the Gospels as a moral ideal.

In The Life of Our Lord, Dickens also portrays Jesus not as a stern deity, but as a symbol of love and kindness.

For example, he offers the following lesson to children.

"Live like Him—be good, humble, kind, honest, and considerate of others."

This is the heart of Dickens's faith and also the core message of this book. Jesus conveys this message through a single story — the Parable of the Prodigal Son. I present that portion here.

"There was once a Man," he told them, "Who had two sons and the younger of them said one day, "Father, give me my share of your riches now, and let me do with it what I please?"

The father granting his request, he traveled away with his money into a distant country, and soon spent it in riotous living.

When he had spent all, he would have been glad to eat, even the poor coarse husks that the swine were fed with. "How many of my father's servants have bread enough, and to spare, while I perish with hunger! I will arise and go to my father."

When he was yet a great way off, his father saw him, and knew him in the midst of all his rags and misery, and ran towards him, and wept, and fell upon his neck, and kissed him. And he told his servants to clothe his poor repentant Son in the best robes, and to make a great feast to celebrate his return.

By this, our Saviour meant to teach, that those who have done wrong and forgotten God, are always welcome to him and will always receive his mercy, if they will only return to Him in sorrow for the sin of which they have been guilty.

- Daniel Choi

제1장

사랑하는 아들아, 아빠는 너희가 예수님 이야기를 꼭 알았으면 한단다. 누구나 예수님에 대해 알 필요가 있거든.

세상에 살았던 사람 가운데, 잘못한 이들이나 아픈 사람, 슬픈 사람을 그렇게까지 불쌍히 여기고 따뜻하게 돌봐 주신 분은 예수님밖에 없었지. 그리고 지금 예수님은 우리가 죽은 뒤 다시 만나 영원히 함께 행복할 천국에 계셔.

그러니 예수님이 누구이며 어떤 일을 하셨는지를 알아야만 천국이 얼마나 좋은 곳인지도 상상할 수 있단다. 예수님은 아주 오래, 아주 오래전—거의 이천 년 전에—베들레헴이라는 곳에서 태어나셨어.

예수님의 아빠와 엄마는 나사렛이라는 도시에서 살았는데, 어떤 일 때문에 베들레헴까지 가야 했단다. 아빠의 이름은 요셉, 엄마의 이름은 마리아였지. 그런데 베들레헴에는 같은 일 때문에 몰려든 사람들이 많아서, 여관도 집도 방이 하나도 남아 있지 않았어.

그래서 요셉과 마리아는 가축을 두는 마구간에서 하룻밤을 묵게 되었단다. 그 마구간에서 예수님이 태어나셨지. 아기 침대 같은 게 없었기 때문에, 마리아는 예쁜 아기를 말구유—말이 여물 먹는 통—에 조심스레 눕혔고, 아기는 거기서 곤히 잠들었단다.

아기가 자고 있을 때였어.

들에서 양을 지키던 목자들이 하늘빛처럼 찬란한 하나님의 천사를 보았단다. 처음에 목자들은 겁이 나서 얼굴을 숙이고 엎드렸어. 그런데 천사가 이렇게 말했지.

"오늘 이 근처 베들레헴에 한 아기가 태어났단다. 그 아

기는 자라서 너무나 선한 분이 되실 거야. 하나님께서 그를 친아들처럼 사랑하시고, 그는 사람들에게 서로 사랑하고 다투거나 해치지 말라고 가르쳐 줄 거란다. 그분의 이름은 예수 그리스도라고 할 거야. 사람들은 기도할 때마다 그 이름을 붙여서 하나님이 기뻐하시는 이름이니 너희도 그 이름을 사랑해야 한단다.”

그리고 천사는 목자들에게 마구간으로 가서 구유에 누운 아기를 보라고 했어. 목자들은 곧장 달려가, 잠든 아기 곁에 무릎을 꿇고 “하나님, 이 아이를 축복해 주세요!” 하고 기도했단다.

그 나라에서 제일 큰 도시는 예루살렘이었어—마치 영국의 런던처럼 말이야.

그 예루살렘에는 헤롯이라는 왕이 살고 있었단다. 어느 날 동쪽 먼 나라에서 온 지혜로운 박사들이 왕에게 찾아와 이렇게 말했어.

“하늘에서 별 하나를 보았는데, 그 별이 베들레헴에 태어난 특별한 아기를 가리키고 있습니다. 그 아이는 자라서 모든 사람이 사랑하게 될 분이지요.”

헤롯 왕은 그 말을 듣고 시기심이 생겼단다. 그는 악한 사람이었거든. 하지만 겉으로는 아닌 척하면서 박사들에게 "그 아기가 어디에 있지?" 하고 물었지.

박사들은 "정확히는 모릅니다. 그러나 그 별이 우리 앞에서 계속 움직이며 길을 인도해 주다가 지금은 하늘에 멈춰 서 있습니다."라고 대답했어.

헤롯은 그 별을 따라가 아기를 찾으면 꼭 자기에게 돌아와 알려 달라고 명령했단다. 박사들이 예루살렘을 나서자, 별은 그들 머리 위에서 조금 앞서가더니 아기가 있는 집 위에 멈춰 섰어.

참으로 놀라운 일이었지만, 하나님께서 그렇게 하신 거였지.

별이 멈추자, 박사들은 집 안으로 들어가 마리아와 함께 있는 아기를 보았어. 그들은 아기를 몹시 사랑스럽게 여기며 선물을 드렸단다. 그러고는 다시 헤롯에게 돌아가지 않고, 그가 질투할 거로 생각해 밤길을 따라 곧장 자기 나라로 돌아갔어.

그날 밤, 천사가 요셉과 마리아에게 나타나 예수님을 데리고 이집트로 피하라고 알려 주었어. 헤롯이 아기를 해치려 할 것이기 때문이었지. 그래서 아빠 엄마와 아기는 밤중에 몰래 짐을 싸서 먼 이집트로 무사히 떠났단다.

하지만 잔인한 헤롯 왕은 박사들이 돌아오지 않은 것을 알고 예수님이 어디에 계시는지 알아낼 수 없게 되자 군인들과 장교들을 불러 두 살 이하의 어린아이를 모두 죽이라 명령했어.

무서운 명령은 곧 실행되었단다.

엄마들은 아기를 품에 안고 거리와 지하실, 동굴을 이리저리 뛰어다니며 숨기려 했지만, 소용이 없었어. 군인들은 칼을 휘둘러 눈에 보이는 아이들을 모두 죽였지. 이 끔찍한 사건을 '무고한 아이들의 학살'이라 불러.

아이들이 얼마나 순진무구한데 그런 일이 벌어졌는지 생각하면 정말 가슴 아픈 일이란다. 헤롯은 예수님도 그 속에 있었길 바랐지만, 알다시피 예수님은 이미 이집트로 안전하게 피신하셨어.

예수님은 그곳에서 아빠, 엄마와 함께 머물며 악한 헤롯

왕이 죽을 때까지 지내셨단다.

예수님과 요셉 그리고 마리아

제2장

헤롯 왕이 죽었을 때, 천사가 다시 요셉에게 나타나 이제는 아이 때문에 두려워하지 말고, 예루살렘으로 가도 된다고 알려 주었단다.

그래서 요셉과 마리아, 그리고 그들의 아들 예수 그리스도(사람들이 흔히 성가족이라고 부르는)는 예루살렘을 향해 길을 떠났지.

그런데 가는 길에 헤롯의 아들이 새 왕이 되었다는 소식을 듣고, 그 역시 아이를 해치려 들지 않을지 걱정되어 길을 돌려 나사렛으로 가서 살게 되었단다. 그들은 그곳에서 예

수 그리스도가 열두 살이 될 때까지 지냈어.

그 후 요셉과 마리아는 그 시절 예루살렘 성전—지금으로 치면 아주 큰 교회나 대성당—에서 열리던 종교 축제에 참석하려고 예루살렘에 갔고, 예수님도 함께 데려갔단다. 축제가 끝나자, 두 분은 많은 친구 그리고 이웃과 함께 예루살렘을 떠나 나사렛 집으로 돌아왔어.

그때는 강도가 무서워 사람들이 무리를 지어 다녔지. 길이 지금처럼 안전하고 잘 지켜지지 않았고, 여행 자체도 훨씬 힘들었거든. 그들은 계속 길을 걸었어.

하루 종일 가면서도 예수님이 함께 계시지 않다는 걸 전혀 몰랐단다.

일행이 워낙 많다 보니, 보이지 않아도 분명 어딘가에 계시겠거니 생각했지. 그런데 예수님이 보이지 않자, 혹시 잃어버렸을까 봐 겁이 나서 급히 예루살렘으로 되돌아가 애타게 찾기 시작했어.

성전에서 예수님을 찾았단다. 예수님은 하나님의 선하심과 우리가 어떻게 하나님께 기도해야 하는지를 이야기하시며, 닥터라 불리는 학자들과 대화 중이셨지. 여기서 닥터란 지금 우리가 말하는 병 고치는 의사가 아니라, 학식 많고 총명한 선생님들이었어.

예수님이 그들에게 하신 말씀과 질문이 얼마나 깊고 지혜로웠는지, 모두가 깜짝 놀랐단다. 요셉과 마리아가 예수님을 찾자, 예수님은 두 분과 함께 나사렛으로 돌아갔고, 서른 살이나 서른다섯 살쯤 되실 때까지 거기서 사셨어.

그 무렵 매우 훌륭한 사람이 있었는데, 이름은 요한이고 엘리사벳이라는 여인의 아들이었어. 엘리사벳은 마리아의 사촌이지. 사람들이 사납고 폭력적이라 서로 죽이기까지 하고, 하나님께 드려야 할 의무도 잊자, 요한은 사람들을 더 나은 이로 만들려고 나라 곳곳을 다니며 설교하고 간곡히 권면했어.

요한은 사람들을 자신보다 더 사랑해 자신을 돌보지 않았기에, 낙타 가죽을 걸친 거친 차림이었고, 여행길에서 잡히는 메뚜기와 꿀벌이 나무 속에 남긴 야생 꿀만 겨우 먹으며 살았단다.

메뚜기는 예루살렘 근처 그 나라에 사는 곤충이라 너희는 본 적이 없겠구나.

낙타도 그곳 동물이지만, 가끔 우리나라에도 들어오니 보고 싶으면 아빠가 보여 줄 수도 있단다? 어쨌든 가끔은 낙타가 이쪽으로 오니, 보고 싶으면 아빠가 보여 줄게.

예루살렘에서 멀지 않은 곳에 요단강이라는 강이 있었어.

요한은 그 강물에 들어가겠다고 약속하며 더 나은 사람이 되겠다고 다짐하는 이들에게 세례를 베풀었단다. 구름같이 많은 사람이 요한에게 몰려들었지.

예수님도 그곳에 가셨어. 요한은 예수님을 보자 "저보다 훨씬 거룩하신 분을 제가 어떻게 세례 해 드리겠습니까?" 하고 말했어.

예수님은 "지금은 이대로 하자꾸나."라고 대답하셨지. 그래서 요한이 예수님께 세례를 베풀었어.

예수님이 세례를 받으시자, 하늘이 열리고 비둘기 같은 아름다운 새가 날아내려 왔고, 하늘 높은 곳에서 하나님의 음성이 들려왔단다. "이는 내가 사랑하는 아들이다. 내가 그

를 기뻐한다!"

그 뒤 예수님은 광야라 불리는 아름답고 한적한 땅으로 가서서 마흔 낮과 마흔 밤을 지내며, 사람들이 더 나은 삶을 살도록 도울 수 있게 해 달라고 기도하셨어. 그래야 사람들이 죽은 뒤에도 하늘나라에서 행복할 수 있으니까, 말이야.

광야에서 나오신 예수님은 손을 얹기만 해도 병든 사람이 나았어.

하나님께서 예수님에게 병자를 고치고, 눈먼 이에게 시력을 주며, 앞으로 차츰 들려줄 많은 놀랍고 엄숙한 일들—우리는 그것을 '예수님의 기적'이라고 부른단다—을 행할 권능을 주셨기 때문이지.

애들아, '기적'이라는 말을 꼭 기억하렴. 아빠가 또 사용할 거고, 그것은 하나님의 허락과 도우심 없이는 결코 일어날 수 없는 아주 놀라운 일을 뜻한단다.

예수님이 행하신 첫 번째 기적은 가나라는 마을의 결혼 잔치에서였어. 잔칫집에 포도주가 떨어져서 마리아가 예수님께 그 사실을 말씀드렸지. 거기에는 물이 가득한 돌항아리 여섯 개뿐이었단다.

그런데 예수님이 손만 드시자, 그 물이 모두 포도주로 변했고, 잔치에 있던 모든 사람이 그 포도주를 마음껏 마실 수 있었어.

하나님께서 예수님에게 이런 놀라운 능력을 주신 이유는, 사람들이 예수님이 평범한 분이 아님을 알고 그분의 가르침을 믿으며, 하나님께서 보내신 분이라는 사실을 확신하도록 하시려는 거였어.

그래서 이 이야기를 듣고, 또 예수님께서 병자들을 고치신다는 소식을 들은 많은 사람이 믿기 시작했단다. 그리하여 예수님이 가시는 길마다 큰 무리가 뒤따랐어.

광야에서 40일 금식 기도 하시는 예수님

제3장

    예수님께서는 당신과 함께 다니며 사람들을 가르칠 착한 이들을 두시려고, 가난한 사람들 가운데에서 열두 명을 뽑아 동행하게 하셨단다.

    이 열두 사람을 사도 또는 제자라고 부르는데, 가난한 사람들조차도—아니, 앞으로 세상 끝 날까지—부자 못지않게 하늘나라가 자기들을 위한 곳임을 알게 하시려는 뜻이었어.

    하나님께서는 좋은 옷을 입은 사람과 맨발로 누더기를 걸친 사람을 차별하지 않으신단다. 세상에서 가장 초라하고 못생기고 불행해 보이는 이들일지라도 여기서 착하게 살면, 하늘나라에서는 빛나는 천사가 될 거야.

그러니 어른이 된 뒤에도 절대로 가난한 남자나 여자, 혹은 어린아이를 업신여기거나 매몰차게 대하지 말렴, 사랑하는 아들아. 만약 그들이 좋지 않은 일을 하더라도, 다정한 친구와 좋은 집, 제대로 된 배움을 받았다면 달라졌을 거로 생각해 보렴.

그러니 부드럽고 설득력 있는 말을 건네어 그들을 더 나은 사람으로 이끌고, 네가 할 수 있는 한 가르치고 도와주도록 해라. 누군가가 가난하고 불쌍한 사람을 헐뜯더라도, 예수님께서 그들에게 다가가 가르치시고 돌보셨다는 사실을 떠올리렴.

그리고 너희도 가난한 이들을 불쌍히 여기고 최대한 좋게 생각하려무나.

열두 사도의 이름은 시몬 베드로, 안드레, 세베대의 아들 야고보, 요한, 빌립, 바돌로매, 도마, 마태, 알패오의 아들 야고보, 라베오(다대오), 시몬, 그리고 가룟 유다였단다.

나중에 너희가 알다시피, 가룟 유다는 예수님을 배신했지. 이 가운데 처음 네 사람은 모두 가난한 어부였어. 그들은 바닷가에 배를 대고 그물 손질을 하고 있었단다.

예수님께서 그 곁을 지나시다 베드로의 배에 오르셔서 고기를 많이 잡았느냐고 물으셨어. 베드로는 아니라고 대답했어. 밤새도록 그물을 던졌지만 한 마리도 잡지 못했거든.

예수님이 "다시 그물을 내려 보라."고 하시자, 그대로 했더니 그물이 금세 물고기로 가득 차서 여러 사람이 달려들어 애써도 건져 올리기 힘들 정도였지.

이것도 예수님의 또 다른 기적이었단다.

예수님께서 "나를 따라오너라." 하시자, 그들은 즉시 그분을 따랐어. 그때부터 열두 제자는 늘 예수님과 함께했단다.

사람들이 큰 무리를 이루어 예수님을 따라와 가르침을 청했기에, 예수님께서는 산에 오르셔서 그들에게 설교하시고, 너희가 매일 밤 외우는 "하늘에 계신 우리 아버지여"로 시작하는 기도를 직접 입으로 알려 주셨어.

이 기도를 주기도문이라고 부르는데, 예수님께서 처음

말씀하셨고 제자들에게도 꼭 이 말로 기도하라고 명하셨기 때문이야.

예수님이 산에서 내려오시자, 무서운 병 나병(문둥병)에 걸린 사람이 찾아왔단다. 그 시대에는 흔한 질병이라 그런 사람을 나병환자 또는 문둥이라 불렀어.

그 사람이 예수님 발아래 엎드려 "주님, 원하시면 저를 깨끗하게 하실 수 있습니다!" 하고 애원하자, 자비로우신 예수님께서 손을 내밀어 "내가 원하노니, 깨끗해져라!" 하시니 병이 즉시 사라지고 완전히 나았단다.

예수님이 가시는 곳마다 큰 무리가 따랐어.

예수님과 제자들이 한 집에 들어가 쉬고 계실 때, 사람들이 중풍에 걸려 온몸이 떨리고 전혀 움직일 수 없는 한 남자를 침대째로 데려왔지. 집 문과 창문이 인파로 가득하여 예수님께 다가갈 수 없자, 그들은 낮은 지붕 위로 올라가 기와를 뜯고 침대를 달아 예수님 계신 방 한가운데로 내려보냈단다.

예수님께서 그를 보시고 가엾이 여기셔서 "일어나 네 침상을 들고 집으로 가라!" 하시니, 그가 곧바로 일어나 멀쩡

히 걸어 나갔어. 그는 하나님과 예수님께 감사하며 집으로 돌아갔단다.

한편, 백부장—로마 군사 백 명을 거느린 장교—도 예수님께 와서 "주님, 제 집에 있는 종이 중병으로 고통받고 있습니다."라고 말했어. 예수님이 "내가 가서 고쳐 주마."고 하시자, 백부장은 "주님, 제 집에 들어오실 자격이 제겐 없습니다. 다만 말씀 한마디만 하소서, 그러면 제 종이 나을 줄 압니다." 하고 믿음으로 고백했단다.

예수님께서는 그 믿음을 기뻐하시고 "그대로 될지어다!" 하셨고, 그 순간 종은 깨끗이 나았어.

예수님께 찾아온 사람 중 가장 애끊는 슬픔에 잠긴 이는 어느 회당장(관리) 이었어. 그는 손을 비틀며 울부짖었지.

"오 주님, 제 딸, 제 사랑스럽고 착하고 순결한 작은딸이 죽었습니다! 제발 오셔서 그 아이 위에 거룩한 손을 얹어 주십시오. 그러면 다시 살아나 저와 아내를 기쁘게 해 줄 것입니다. 주님, 저희는 그 아이를 너무 사랑합니다, 그런데 죽고 말았습니다!"

예수님께서는 그와 함께 길을 나섰고, 제자들도 뒤따랐단다. 슬피 우는 친지들이 모여 음악까지 흐르는 방에 조용히 놓여 있던 어린 소녀를 보신 예수님께서는, 그녀의 부모를 위로하시려고 "이 아이는 죽은 것이 아니다. 잠든 것이다."라고 말씀하셨어.

그리고 방 안의 사람들을 모두 물리치고, 죽은 아이의 손을 잡아 일으켜 세우셨단다. 그러자 아이는 마치 잠에서 깨어난 것처럼 바로 일어나 멀쩡해졌어. 아이의 부모가 그 애를 끌어안고 입 맞추며 하나님과 하나님의 아들 예수님께 얼마나 감사했을지 상상해 보렴!

예수님은 언제나 이렇게 자비롭고 다정하셨단다.

그리고 이렇게 선한 일을 행하시며, 사람들이 하나님을 사랑하고 죽음 이후 하늘나라를 소망하도록 가르치셨기에, 사람들은 예수님을 우리의 구주(救世主), 곧 구세주라 부르게 되었어.

병자를 치료하시는 예수님

제4장

우리 구주께서 기적을 행하신 그 땅에는 바리새인이라 불리는 사람들이 있었단다. 그들은 몹시 교만해서 자기들만 선하다고 믿었고, 예수님께서 백성들을 더 올바르게 가르치시는 것을 두려워했어. 사실 그 나라 사람들, 곧 대부분 유대인이 예수님을 두려워했지.

어느 일요일(유대인들은 그날을 지금도 안식일이라 부른단다) 예수님께서 제자들과 들길을 걷다가, 배가 고파서 익어 가는 이삭 몇 개를 뜯어 드셨단다. 바리새인들은 그것이 잘못이라며 손가락질했어.

또 한 번은 예수님께서 그들의 예배당, 그러니까 회당에 들어가셨는데, 그곳에 한쪽 손이 오그라들어 전혀 쓸 수 없는 불쌍한 사람이 있었단다. 바리새인들은 "안식일에 병을 고치는 게 옳은 일입니까?" 하고 딱 따졌어.

예수님은 이렇게 물으셨지. "너희 중 누가 양 한 마리가 구덩이에 빠지면 안식일이라도 곧바로 끌어내지 않겠느냐? 그런데 사람이 양보다 얼마나 더 귀하냐?"

그리고 그 불쌍한 사람에게 "네 손을 내밀어 보렴!" 하시니, 바로 펴져서 다른 손처럼 말끔하고 힘 있게 되었단다. 예수님께서는 "착한 일은 언제든 해도 좋단다." 하고 가르쳐 주셨어.

얼마 뒤 예수님께서는 나인이라는 성으로 들어가셨어.

이미 많은 군중이 뒤따르고 있었는데, 성문 가까이에서 한 장례 행렬을 마주쳤단다. 젊은 아들이 관 위에 누워 있고, 그 아이가 외아들이었던 가엾은 어머니가 눈물을 흘리며 따라오고 있었지.

예수님은 그 모습을 보시고 마음이 깊이 아파 "울지 마세

요.” 하고 위로하셨어. 곧 관을 멈춰 세우고 손으로 살짝 만지시며 말씀하셨단다. “젊은이여, 일어나거라.”

그러자 죽었던 젊은이가 눈을 뜨고 일어나 이야기하기 시작했어! 예수님은 그를 어머니에게 돌려주셨고, 두 사람은 얼마나 기뻐했는지 모른단다.

군중은 더욱 늘어났어.

예수님께서는 제자들과 함께 배를 타고 물가를 떠나 조금 한적한 곳으로 가시다가, 배 안에서 잠이 드셨어. 그런데 거센 폭풍이 몰아쳐 파도가 배 안까지 들이쳤지.

겁에 질린 제자들이 “주님, 저희를 구해주세요! 배가 뒤집히겠어요!” 하고 깨우자, 예수님은 일어나 바다와 바람을 향해 “잠잠 하라! 고요하라!”라고 명령하셨어. 그러자 순식간에 바람이 멎고 물결이 잔잔해졌단다.

호수 건너편 땅에는 무덤 사이에서 지내며 미친 듯 날뛰는 사람이 살고 있었어. 사람들은 그를 쇠사슬로 묶어 두려 했지만, 그는 사슬을 끊고 날마다 돌에 몸을 던지며 소리를 질러댔단다.

멀리서 예수님을 보자 그가 소리쳤어. "하나님의 아들이시여! 저를 괴롭히지 마세요!"

예수님은 그에게 들러붙어 있던 악한 영을 꾸짖어 쫓아내시고, 근처에 있던 돼지 떼 속으로 들어가게 하셨지. 돼지들은 곧바로 가파른 비탈을 내달려 바닷속으로 뛰어들어 모두 몰살되었단다.

그 무렵, 옛날 무고한 아기들을 죽이게 했던 잔인한 헤롯왕의 아들, 헤롯 안티파스가 새로 왕이 되었어. 예수님께서 눈먼 자를 보게 하고 청각장애인을 듣게 하시며, 안전하게 걷지 못하던 사람들을 일으켜 세우신다는 소문이 퍼지자, 헤롯은 "저 사람은 세례자 요한의 친구일 것이다." 하고 의심했단다.

기억하지? 세례 요한은 낙타 털옷을 걸치고 벌꿀과 메뚜기를 먹으며 회개를 외치던 그 훌륭한 사람이야. 헤롯은 요한이 백성에게 바른말을 한다고 미워해 감옥에 가두고 있었단다.

마침 헤롯의 생일이 되었어.

　왕궁에서는 잔치가 벌어졌고, 헤롯의 딸 헤로디아가 멋지게 춤을 추어 왕을 기쁘게 했지. 헤롯은 약속했어. "네가 원하는 건 무엇이든 주겠다."

　그러자 그녀는 어머니의 꾀를 따라 "세례 요한의 목을 큰 쟁반에 담아 주세요!" 하고 요구했단다. 헤롯은 내심 슬펐지만, 맹세를 어기기 싫어 병사들에게 감옥으로 가서 요한의 목을 베어 오라고 명령했어.

　그들은 목이 잘린 요한의 머리를 쟁반에 담아 헤로디아에게 가져왔단다. 제자들은 밤중에 몰래 요한의 몸을 장사 지냈고, 곧장 예수님께 달려가 이 끔찍한 일을 알렸어. 예수님께서는 그 도시를 떠나 제자들과 함께 다른 곳으로 가셨단다.

✝

잃은 양 한 마리

제5장

한 바리새인이 예수님께 자기 집에 오셔서 식사해 달라고 간청했단다. 그리고 예수님께서 식탁에 앉아 계실 때, 그 도시에서 죄를 짓고 나쁜 삶을 살았던 한 여인이 살금살금 방 안으로 기어들어 왔어.

하나님의 아들이신 분이 자신의 죄악을 보실까 부끄러웠지만, 잘못을 진심으로 뉘우치는 사람이라면 모두 불쌍히 여기시는 예수님의 선하심과 자비를 굳게 믿었기에 조금씩 예수님 뒤로 다가갔단다.

그러고는 그분이 앉아 계신 의자 뒤에 엎드려 눈물로 예수님의 두 발을 적시고, 다시 그 발에 입을 맞추고, 긴 머리카락으로 닦아 드렸으며, 작은 상자에 담아 온 향기로운 기름을 발라 드렸지. 그 여인의 이름은 막달라 마리아였어.

그 바리새인은 예수님께서 그 여인의 손길을 허락하시는 모습을 보고 속으로 '예수님은 저 여인이 얼마나 악했는지 모르시는구나!'하고 생각했단다.

하지만 예수님께서는 그의 생각을 아시고 "시몬"–그의 이름이 시몬이었어– "어떤 사람에게 빚진 이가 둘 있었는데, 한 사람은 오백 데나리온을, 다른 한 사람은 오십 데나리온을 빚졌단다. 그 주인이 두 사람에게 모두 빚을 탕감해 주었다면, 두 빚쟁이 가운데 누가 그를 더 사랑하겠느냐?"라고 물으셨어.

시몬이 "아마도 더 많이 탕감받은 사람일 것입니다."하고 대답하자, 예수님께서는 그가 옳다고 하시며 "하나님께서 이 여인에게 많은 죄를 용서하셨으니, 그만큼 더 하나님을 사랑하게 되리라 생각한다." 하셨단다.

그리고 예수님께서 그 여인에게 "하나님께서 네 죄를 용서하셨다."하고 말씀하시니, 자리에 있던 사람들은 예수님께 죄 사함의 권세가 있음을 보고 놀랐어. 하나님께서 그 권세를 예수님에게 주셨기 때문이지. 여인은 예수님께 큰 자비를 베푸신 데 감사하며 자리를 떠났단다.

우리는 여기서 누군가가 우리에게 해를 끼쳤더라도, 그들이 진심으로 미안하다고 말하면 반드시 용서해야 한다는 걸 배워야 해. 그들이 찾아와서 직접 말하지 않아도, 하나님께 용서를 바라려면 우리도 결코 미워하거나 모질게 굴어서는 안 된단다.

이 일이 있고 나서, 유대인의 큰 절기가 열려 예수님께서 예루살렘으로 가셨어. 그곳 양 시장 근처에는 베데스다라 불리는 연못, 곧 못이 있었는데, 다섯 개의 문이 달린 곳이었단다.

그 절기 철이 되면 병자와 장애인이 수없이 그 못가에 모여들어 몸을 담갔어. 사람들은 천사가 와서 물을 움직이면, 제일 먼저 들어가는 이가 어떤 병이라도 낫는다고 믿었지.

그들 중에는 무려 서른여덟 해 동안이나 앓아누운 한 사람이 있었단다. 예수님께서 그를 불쌍히 여기시고 "아무도 도와줄 사람이 없어 못에 들어가지 못한다."라는 사정을 들으셨지.

그래서 "네 자리를 들고 걸어가거라."하고 말씀하시니, 그는 곧바로 일어나 완전히 나았어. 많은 유대인이 이 일을 목격했단다. 그들은 예수님께서 안식일에 사람을 고치셨다는 이유와 스스로 하나님의 아들이라 하신다는 이유로 더더욱 예수님을 미워했어.

그들은 백성을 속이며 사실이 아닌 말을 일러 주고 있었기에, 예수님을 믿는 사람이 늘어나는 것이 두려웠지. 그래서 서로 모의하며 "안식일에 사람을 고치고 자신을 하나님의 아들이라 부르니, 예수를 죽여야 한다."라고 의논했고, 거리의 군중을 선동하여 예수님을 해치려 들었단다.

하지만 군중은 어디서나 예수님을 따라다니며 그분을 축복하고 가르침과 치유를 구했어.

예수님께서 제자들과 함께 디베랴 호수 건너편 언덕에

앉으셨을 때, 아래쪽에 무리 지어 기다리던 수많은 가난한 사람을 보시고 제자 빌립에게 말씀하셨단다. "저 사람들에게 먹을 빵을 어디서 사야겠느냐?"

빌립이 "주님, 이백 데나리온어치 빵으로도 부족할 텐데 저희에겐 아무것도 없습니다."라고 말했어.

그러자 다른 제자인 안드레—시몬 베드로의 형제—가 "여기 한 소년이 보리 빵 다섯 개와 작은 물고기 두 마리를 가지고 있습니다만, 이렇게 많은 사람에게 무엇이 되겠습니까?"하고 말했지. 예수님께서는 "모두 앉게 하여라." 하셨단다.

그곳 잔디밭에 사람들이 자리를 잡자, 예수님은 빵을 들고 하늘을 우러러 감사 기도를 드리신 뒤 떼어서 제자들에게 나누어 주셨어.

제자들이 그것을 사람들에게 건네니, 보리 빵 다섯 개와 물고기 두 마리로 남자만 오천 명이—여자와 어린이까지 합치면 훨씬 더 많았겠지—배불리 먹고도 남았단다. 남은 조각을 거두니 열두 광주리가 가득 찼어. 이것도 예수님의 놀라운 기적이었단다.

그 뒤 예수님께서는 제자들에게 배를 타고 물 건너편으로 건너가라 하시고, 사람들을 보내신 뒤 홀로 기도하러 남으셨어. 날이 저물자, 제자들은 아직도 노를 저어 풍랑 이는 물 위에 있었고, "주님은 언제 오실까?"하고 걱정했지.

한밤중, 거센 바람과 높은 파도 속에서 그들이 바라보니, 예수님께서 마치 땅을 걷듯 물 위를 걸어오고 계셨단다. 제자들은 겁에 질려 소리쳤지만, 예수님께서는 "나다, 두려워하지 마라."고 안심시켜 주셨어.

베드로가 용기를 내어 "주님, 정말 주님이시라면 저도 물 위로 걸어가게 해 주소서." 하자, 예수님께서 "오너라!" 하셨지.

베드로가 물 위를 걸어 예수님께 다가가다, 거센 파도와 바람을 보고 겁이 나서 가라앉기 시작했어. 예수님께서 즉시 손을 잡아 일으켜 배 안으로 데려오시자, 바람이 곧 멎었고 제자들은 서로 "정말로 하나님의 아들이시다!"하고 고백했단다.

그 뒤에도 예수님께서는 수많은 기적을 베푸셨단다.

앉지 못하던 사람이 걷고, 말 못 하던 이가 말하고, 눈먼 이가 보게 되었어. 그리고 또 한 번, 예수님을 따라온 큰 군중이 사흘 동안 거의 먹지 못해 기진맥진해 있으니, 예수님께서는 제자들에게서 빵 일곱 개와 작은 물고기 몇 마리를 받아 사람 사천 명에게 나누어 주셨어.

모두 배불리 먹었고, 남은 조각을 거두니 일곱 광주리가 되었단다.

예수님께서는 제자들을 여러 마을과 고을로 흩어 보내, 사람들을 가르치게 하시고 하나님의 이름으로 병자를 고칠 능력을 주셨어. 그리고 그때부터 예수님께서는 제자들에게 미리 알려 주셨어.

"나는 언젠가 예루살렘으로 돌아가 큰 고난을 겪고 반드시 죽임을 당할 것이다. 그러나 내가 죽은 사흘째 되는 날, 무덤에서 다시 살아나 하늘로 올라가 아버지 하나님의 오른 편에 앉아, 죄인들을 위해 용서를 간구할 것이다."

의논하는 예수님과 제자들

빵과 물고기 기적이 있은 지 엿새 뒤, 예수님께서는 제자들 가운데 베드로와 야고보, 요한 세 사람만 데리고 높은 산에 오르셨단다.

그곳에서 예수님이 말씀을 나누고 계실 때, 갑자기 그 얼굴이 해처럼 빛나기 시작했고, 입고 있는 새하얀 옷은 반짝이는 은처럼 눈부시게 빛났지. 예수님은 마치 천사처럼 서 계셨어.

바로 그때, 환한 구름이 그들을 감싸더니 구름 속에서 "이는 내가 사랑하는 아들이니, 내가 그를 기뻐하노라. 너희는 그의 말을 들어라!"라는 목소리가 들려왔단다.

세 제자는 몹시 두려워 무릎을 꿇고 얼굴을 가렸어.

우리는 이 일을 예수님의 "변모"라 부른단다.

산에서 내려와 다시 사람들 가운데 섰을 때, 한 남자가 예수님 발 앞에 꿇어 엎드려 이렇게 말했어.

"주님, 제 아들을 불쌍히 여겨 주십시오. 아이가 미쳐 자기 몸을 제어하지 못해 불 속에, 또 물속에 쓰러져 온몸을 상처로 뒤덮습니다. 제자들 몇 분이 고쳐 주러 하셨지만 낫지 않았습니다."

예수님께서는 즉시 그 아이를 낫게 해 주셨고, 제자들을 돌아보시며 "너희가 이 아이를 고치지 못한 것은 나를 충분히 믿지 못했기 때문이란다." 하고 말씀하셨단다.

제자들이 "하늘나라에서는 누가 가장 큰 사람입니까?" 하고 여쭈었어.

그러자 예수님께서 어린아이 하나를 불러 품에 안고 그들 가운데 세우신 뒤 말씀하셨지.

"이 아이처럼 겸손하지 않으면 아무도 천국에 들어갈 수 없단다. 내 이름으로 이런 작은 아이 하나를 맞아들이면 곧 나를 맞아들이는 것이다. 그러나 이들 가운데 하나라도 해치려 한다면, 차라리 그 목에 맷돌을 매달아 깊은 바다에 빠지는 편이 낫다. 천사들은 모두 어린아이란다.”

예수님은 그 아이를 사랑하셨고, 모든 아이를 사랑하셨어. 아니, 온 세상을 사랑하셨지. 그분만큼 모든 사람을 깊고 진실하게 사랑한 이는 없단다.

베드로가 “주님, 누군가 제게 잘못을 저지르면 몇 번이나 용서해야 하나요? 일곱 번이면 될까요?” 하고 물었어.

예수님께서는 “일흔 번씩 일곱 번이라도, 아니 그보다 더 많이 용서해야 한단다. 네가 죄를 짓고 하나님께 용서를 바라면서 다른 사람을 용서하지 않는다면, 어찌 하나님께서 너를 용서하시겠느냐?”고 말씀하셨지.

그리고 예수님께서는 이런 이야기를 들려주셨어.

“옛날에 한 종이 주인에게 큰돈을 빚지고도 갚지 못했단다. 화가 난 주인은 그 종을 노예로 팔아버리려 했어. 그러자 종이 무릎을 꿇고 눈물로 용서를 빌었고, 주인은 기꺼이

빚을 탕감해 주었단다. 그런데 그 종에게는 백 데나리온을 빚진 동료 종이 있었어. 그는 동료를 불쌍히 여기고 용서하기는커녕 빚을 갚으라고 닦달하다가 결국 감옥에 가두었지. 이 소식을 들은 주인이 그 종을 불러 '악한 종아, 내가 너를 용서했거늘 어찌 네 동료를 용서하지 않았느냐?'고 크게 책망하며 괴로운 벌을 내렸단다. 우리도 이웃을 용서하지 않으면 하나님께 용서받을 수 없다는 뜻이란다."

이것이 주기도문에서 "우리가 우리에게 죄지은 이를 사하여 준 것 같이 우리의 죄를 사하여 주옵시고"라고 기도하는 부분이 무슨 뜻인지 알려 주는 이야기야.

예수님은 또 다른 이야기도 하셨어.

"어떤 농부가 포도원을 가지고 있었는데, 이른 아침에 나가 품꾼들과 하루 한 데나리온 주기로 하고 일을 시켰단다. 한참 뒤 다시 나가 품꾼들을 더 데려왔고, 또다시 나가서 오후 늦게까지 여러 차례 품꾼을 더 데려왔어. 저녁이 되어 품삯을 주는데, 아침부터 일한 사람이나 늦게 온 사람이나 모두 한 데나리온씩 받았지. 그러자 처음 온 이들이 불평하며

‘우리는 종일 땡볕에서 일했는데 늦게 온 이들과 같다면 부당합니다.’라고 했어. 그러나 농부는 ‘친구여, 나는 네게 약속한 대로 한 데나리온을 주었을 뿐이니 서운해하지 말게나. 내가 다른 이에게도 같은 돈을 주기로 한들, 네 품삯이 줄어드는 것도 아니지 않으냐?’하고 답했단다.”

예수님이 이 이야기를 들려주신 까닭은, 평생 선하게 살다가 죽은 사람도 하늘나라에 가지만, 젊을 때 불행하거나 돌봐 줄 사람이 없어 악하게 지냈다가 늦은 나이에 마음 깊이 뉘우치고 하나님께 용서를 구하면 그 또한 용서받아 천국에 간다는 걸 알려 주시려는 거였어.

예수님께서는 사람들이 이런 이야기를 좋아하고 잘 기억한다는 걸 아셨기 때문에 제자들에게도 비유로 가르치셨단다. 이런 이야기를 비유라고 부르니 기억해 두렴. 앞으로도 예수님 비유를 더 들려줄 테니 말이야.

사람들은 예수님의 말씀을 들었지만, 예수님을 두고 의견이 갈렸어. 바리새인과 몇몇 유대인들은 예수님을 헐뜯어 전해 들은 터라 예수님께 해를 끼치거나 심지어 죽이고 싶

었어. 하지만 아직은 감히 손대지 못했단다.

예수님께서 너무 선하시고, 아주 소박한 옷차림이었음에도 얼굴은 신성하고 위엄이 있어 감히 눈을 마주치기에 어려웠거든.

어느 날 아침, 예수님께서 감람산이라 불리는 곳에 앉아 사람들에게 가르치고 계실 때였어. 갑자기 큰 소리가 나더니 바리새인들과 같은 부류인 서기관들이 함성을 지르며 한 여자를 끌고 왔단다.

그 여자는 죄를 저질렀고, 그들은 "선생님, 이 여자를 보십시오! 율법에는 이런 여자를 돌로 쳐 죽이라고 되어 있습니다. 선생님은 뭐라고 하시겠습니까?"하고 다그쳤어.

예수님은 시끄러운 무리를 조용히 바라보셨단다. 그들이 율법이 잔인하다고 예수님 입으로 말하게 한 뒤 그 말을 빌미 삼아 해치려는 속셈을 간파하신 거야.

예수님께서 그들 얼굴을 똑바로 바라보시자, 그들은 부끄러워하면서도 여전히 "어떻게 하시겠습니까? 말씀해 보시지요!"하고 소리를 질렀어.

　그러자 예수님은 몸을 굽혀 땅바닥 모래에 손가락으로 "너희 가운데 죄 없는 사람이 먼저 이 여자에게 돌을 던져라."라고 쓰셨어. 그리고 그 문장을 되풀이해 들려주셨어.

　사람들은 서로 어깨너머로 그 글을 읽더니 하나둘씩 얼굴을 붉히고 슬그머니 물러나, 결국 시끄럽던 무리 가운데 남은 이는 아무도 없었단다. 예수님과 얼굴을 두 손으로 가린 그 여자만 남았지.

　예수님께서 조용히 물으셨어. "여인아, 너를 고발하던 사람들이 어디 있느냐? 너를 정죄한 자가 한 사람도 없느냐?"

　여인은 두렵게 떨며 "주님, 아무도 없습니다."하고 대답했어.

　그러자 예수님께서 말씀하셨단다. "나도 너를 정죄하지 않는다. 이제 가거라. 그리고 다시는 죄를 짓지 말아라."

　이렇게 예수님은 연약한 이를 사랑으로 감싸 주셨고, 너그러움과 용서가 어떤 것인지 몸소 보여 주셨단다.

산상수훈

제7장

우리 주님께서 사람들에게 가르치시며 묻는 말에 대답해 주고 계실 때였단다. 그때 한 율법학자가 자리에서 일어나 "선생님, 제가 죽은 뒤에도 다시 행복하게 살려면 무엇을 해야 합니까?" 하고 물었어.

예수님께서는 "모든 계명 가운데 첫째는, '우리 주 하나님은 오직 한 분이시다. 그러니 마음을 다하고 뜻을 다하고 힘을 다해 하나님을 사랑해야 한다.' 그리고 둘째도 첫째와 같아서, '네 이웃을 네 몸같이 사랑해야 한다.' 이 두 계명보

다 더 큰 계명은 없단다." 하고 알려 주셨어.

그러자 율법학자가 "그렇다면 제 이웃이 누구인지 말씀해 주십시오." 하고 다시 여쭸지. 예수님께서는 이야기를 들려주셨단다.

"옛날 어떤 사람이 예루살렘에서 여리고로 내려가다가 강도들을 만났단다. 강도들은 그 사람의 옷을 빼앗고 마구 때려 반쯤 죽게 내버려두고 달아났어. 그 길로 한 제사장이 내려오다가 쓰러진 사람을 보고도 모르는 척 반대쪽으로 지나갔단다. 조금 뒤 레위 사람도 그 길을 지나면서 그 사람을 힐끗 보기만 하고 그냥 가 버렸지. 그런데 마지막으로 사마리아 사람이 그 길을 오다가 쓰러진 이를 보자 가엾은 마음이 들어, 기름과 포도주로 상처를 씻어 주고 붕대를 감아 주었단다. 그리고 자기가 타고 오던 짐승에 태워 여관으로 데려가 밤새 돌봐 주었어. 다음 날 그 사마리아 사람은 여관 주인에게 은전 두 닢을 내주며 '이분을 잘 돌봐 주십시오. 비용이 더 들면 돌아오는 길에 갚겠습니다.' 하고 부탁했단다. 자, 강도 만난 사람의 이웃은 셋 가운데 누구였겠니?"

율법학자가 "자비를 베푼 사람입니다." 하고 대답하자, 예수님께서는 "옳구나. 너도 가서 똑같이 자비로운 사람이 되어라. 우리가 모두 서로의 이웃, 서로의 형제란다." 하고 말씀하셨어.

예수님께서는 또 다른 이야기를 들려주시며 우리가 하나님 앞에서 잘났다고 으스대서는 안 되고 언제나 겸손해야 한다고 가르치셨어.

"혼례나 큰 잔치에 초대받거든 가장 좋은 자리에 먼저 앉지 말아라. 나중에 더 귀한 손님이 오면 네가 그 자리를 내줘야 할지도 모른단다. 차라리 맨 아랫자리에 앉아라. 그러면 주인이 와서 '친구여, 더 좋은 자리로 올라오게.' 하고 기쁘게 청할 거야. 스스로 높아지려 하는 사람은 낮아지고, 스스로 낮아지는 사람은 높아진단다."

그리고 이런 비유도 해 주셨지.

"어떤 사람이 큰 만찬을 준비하고 많은 사람을 초대했단다. 종을 보내 '식사가 다 준비되었습니다.' 하고 알리게 했더니, 한 사람은 '밭을 샀으니 둘러보아야 합니다.', 또 다른

사람은 '소 다섯 쌍을 샀으니 시험해 보아야 합니다.', 또 다른 사람은 '막 결혼을 해서 갈 수 없습니다.' 하며 저마다 핑계를 댔어. 주인은 화가 나서 종에게 '어서 거리와 큰길과 울타리 곁으로 가서 가난한 사람, 다리 저는 사람, 몸이 불편한 사람, 눈먼 사람을 모두 불러서 내 집을 채우라.' 하고 명령했단다."

예수님께서는 이 이야기를 통해, 자기 일과 즐거움에만 마음을 빼앗겨 하나님과 선행을 잊은 사람보다, 병들고 괴로운 이들이 오히려 하나님의 사랑을 얻게 된다고 일러 주셨어.

그 무렵 예수님께서는 여리고 성에서 키가 작은 세리 삭개오라는 사람을 보셨어. 삭개오는 군중에 가려 예수님을 보려고 뽕나무에 올라가 있었단다. 예수님께서는 나무 아래를 지나시다 "삭개오야, 어서 내려오너라. 오늘은 내가 네 집에서 머물겠다."하고 부르셨어.

사람들이 '저분이 죄인과 같이 먹는다.'라며 수군거렸지.

그리고 아주 감동적인 '잃어버린 아들'이야기, 우리가 잘 아는 '탕자의 비유'도 들려주셨어.

어느 날, 둘째 아들이 아버지에게 말했단다.

“아버지, 제 몫의 유산을 주세요.”

아버지는 아들의 말을 들어주셨고, 아들은 먼 나라로 가서 돈을 마구 써버리고 말았지. 결국, 아무것도 남지 않아 돼지 먹이로 배를 채우게 되었단다. 그제야 아들은 깨달았어.

“내 아버지 집에는 먹을 것이 많은데, 나는 여기서 굶고 있구나. 아버지께 돌아가자.”

그가 집에 돌아왔을 때, 멀리서 그를 본 아버지는 달려와 아들을 안아주셨어. “아들아, 잘 돌아왔구나! 나는 언제나 너를 기다리고 있었단다.”

그리고 큰 잔치를 열어 아들을 기쁘게 맞이했지.

아들아, 이 이야기처럼 우리가 잘못했더라도 하나님께 돌아가면 하나님은 우리를 책망하지 않으시고, 기쁘게 안아 주신단다. 예수님의 비유 하나하나에는 하나님의 사랑이 가득 담겨 있어.

우리도 좋은 땅 같은 마음이 되어, 하나님의 말씀을 귀하게 여기고 사랑을 나누며 살아가자꾸나.

예수님께서는 부자와 거지 나사로 이야기, 그리고 바리새인과 세리가 성전에 올라가 기도한 이야기 등 많은 비유로 교만한 사람들에게 경고하셨단다. 하나님은 자신을 스스로 자랑하는 기도보다 가슴을 치며 "하나님, 불쌍히 여기소서." 하는 겸손한 기도를 더 기뻐하신다고 하셨지.

그러나 바리새인들은 화를 내며 간계로 예수님을 몰아세우려 했어. 황제 가이사에게 세금을 바치는 게 옳으냐고 함정을 파자, 예수님께서는 동전 하나를 보이게 하시며 "이 형상과 글이 누구 것이냐?" 하고 물으셨어.

그들이 "가이사의 것입니다." 하자, 예수님께서는 "그러면 가이사의 것은 가이사에게, 하나님의 것은 하나님께 드려라."하고 대답하셨지.

그 뒤 예수님께서는 성전 앞 헌금함에 사람들이 돈을 넣는 모습을 제자들과 함께 지켜보셨어. 많은 부자가 큰돈을 넣었지만, 마지막에 가난한 과부가 동전 두 닢을 살짝 넣고 조용히 돌아섰단다.

예수님께서는 "저 가난한 과부가 가장 많이 헌금했다. 부

자들은 남는 것을 넣었지만, 이 여인은 가진 전부, 곧 오늘 먹을 빵값까지 드렸다."하고 말씀하셨어. 우리가 남을 도울 때, 이 과부를 꼭 기억해야 한단다.

바다를 걸으시는 예수님

제8장

애들아, 베다니라는 마을에 나사로라는 남자가 있었는데, 아주 심하게 병이 났단다. 그 나사로는 전에 값진 향유를 예수님 발에 붓고 머리털로 닦아 드린 마리아의 오빠였어.

마리아와 언니 마르다는 몹시 걱정되어 급히 사람을 보내 "주님, 주님이 사랑하시는 나사로가 크게 아프고 곧 죽을 것 같아요." 하고 알려 드렸지. 그런데 예수님은 이 소식을 들으시고도 이틀 동안 그대로 머무르셨어.

이틀이 지나자, 제자들에게 "나사로가 죽었다. 베다니로

가자.”라고 말씀하셨단다. 베다니는 예루살렘에서 멀지 않은 곳이었어. 그곳에 도착해 보니, 과연 예수님 말씀대로 나사로는 이미 죽어 무덤에 묻힌 지 나흘이나 되었단다.

예수님이 오신다는 말을 들은 마르다는 집에 모여 조문하던 사람들 사이에서 벌떡 일어나 예수님께 달려 나갔어. 집 안에 있던 마리아는 울음을 터뜨리며 남아 있었지.

마르다가 예수님을 뵙자 흐느끼며 “주님, 주님이 여기 계셨더라면 제 오빠가 죽지 않았을 텐데요.” 하고 말했단다. 그러자 예수님께서 “네 오빠는 다시 살아날 거야.”하고 다정히 말씀하셨어.

마르다가 “저도 마지막 날 부활 때에 살아날 줄 믿어요.” 하자, 예수님은 “나는 부활이요 생명이란다. 네가 이것을 믿느냐?” 하셨고, 마르다는 “네, 주님!”하고 대답했어.

마르다는 곧장 달려가 마리아에게 “선생님이 오셔!” 하고 속삭였단다. 마리아가 급히 일어나 예수님께 달려가 발 앞에 엎드려 눈물을 쏟고, 함께 따라온 조문객들도 모두 울었어.

예수님은 그들의 슬픔을 보시고 마음이 아파 같이 눈물을 흘리셨지. 그리고 "무덤이 어디냐?" 하고 물으신 뒤, 사람들이 "주님, 여기 오세요." 하고 안내하자 그곳으로 가셨단다.

나사로는 동굴 모양 무덤에 묻혀 있었고, 큰 돌로 입구를 막아 두었어. 예수님께서 "돌을 옮겨 놓아라."하고 말씀하시자 사람들이 돌을 굴려 내렸지. 예수님은 하늘을 우러러 감사 기도를 드리신 뒤, 큰 소리로 "나사로야, 나오너라!" 하고 부르셨어.

그러자 죽었던 나사로가 살아나 천으로 동여맨 손발 그대로 동굴에서 걸어 나왔고, 예수님은 "풀어서 집에 데려가라." 하셨단다.

그 장면이 얼마나 놀랍고도 가슴 벅찼는지, 많은 사람이 예수님이야말로 인류를 가르치고 구원하러 오신 하나님의 아들이심을 믿게 되었어. 하지만 몇몇은 이 일을 바리새인들에게 고자질했지.

그날 이후 바리새인들은 "더 많은 사람이 저분을 믿기 전

에 반드시 죽여야 한다.”라고 의논했단다.

마침 유월절이 가까웠는데, 예수님이 예루살렘에 들어오시면 곧바로 붙잡기로 계획했어. 그렇게 예수님이 나사로를 살리신 때가 유월절 엿새 전이었단다. 그날 밤, 예수님과 제자들이 나사로와 함께 식탁에 둘러앉아 있을 때, 마리아가 값비싸고 향기롭고 순전한 나드 향유 한 근을 가져와 예수님 발에 붓고 머리털로 닦아 드렸단다.

온 집 안이 향긋한 냄새로 가득했어.

그러자 제자 중 하나인 가룟 유다가 언짢다는 표정으로 “이 향유를 삼백 데나리온에 팔아 가난한 사람들에게 주었으면 좋지 않았겠습니까?” 하고 투덜거렸지.

하지만 실은, 유다가 공동 돈주머니를 맡고 있으면서 슬쩍슬쩍 훔치곤 했기에 속으로는 돈을 탐낸 거였어. 이때부터 유다는 예수님을 대제사장들에게 넘길 음모를 본격적으로 꾸미기 시작했단다.

유월절이 코앞으로 다가오자, 예수님과 제자들은 예루살렘 쪽으로 길을 떠났어. 성에 가까워졌을 때 예수님은 제자

두 사람을 앞으로 보내며 "맞은편 마을로 가면 나귀와 나귀 새끼가 묶여 있을 것이다. 풀어서 끌고 오너라." 하고 이르셨지.

제자들이 가 보니 정말 말씀하신 대로라서, 그 짐승들을 끌고 와 예수님께 드렸어. 예수님께서는 나귀 등에 올라타고 예루살렘으로 들어가셨단다.

거대한 군중이 예수님 주위에 몰려들어 겉옷을 길바닥에 펴고, 나뭇가지를 꺾어 길에 깔며 "다윗의 자손이여, 호산나!" "주의 이름으로 오시는 이여, 찬양합니다!" 하고 크게 외쳤어.

예수님이 성전에 들어가시자, 장사꾼들과 비둘기파는 사람들, 돈 바꾸는 상인들의 상을 뒤엎으며 "내 아버지의 집은 기도하는 집인데 너희는 강도의 소굴로 만들었구나!" 하고 꾸짖으셨단다.

아이들과 백성이 "나사렛 예언자 예수님이시다!" 하고 환호하며 멈추지 않았고, 시각장애인과 다리 저는 사람들이 몰려와 병 고침을 받았어. 그러자 대제사장들과 서기관들,

바리새인들은 두려움과 미움으로 가득 차 예수님을 더욱 노렸지.

그러나 예수님은 여전히 병든 이를 고치며 선한 일을 하셨고, 예루살렘 성 밖 가까운 베다니 마을에 머무르셨단다.

어느 밤, 예수님은 식사 자리에서 조용히 일어나 수건과 물 대야를 가져오시더니 제자들의 발을 하나하나 씻겨 주셨어. 시몬 베드로가 "주님, 제 발을 씻기시다니요!" 하고 사양했지만, 예수님께서는 "내가 이렇게 하는 이유를 지금은 모르지만, 나중에 알게 된다. 서로를 항상 친절히 대하고, 마음에 교만이나 미움이 없도록 기억하기 위해서란다."하고 설명해 주셨단다.

그러고 나서 예수님은 슬픈 표정으로 제자들을 둘러보며 "여기 있는 사람들 가운데 한 사람이 나를 배신할 거야."하고 말씀하셨어.

제자들은 놀라서 "주님, 설마 제가?" 하고 차례로 물었지. 예수님은 "나와 함께 그릇에 빵 조각을 적셔 먹는 그가 바로 그 사람이다."라고만 하셨어. 예수님께서 빵을 적셔 건네신

이는 가룟 유다였어.

예수님께서 조용히 "네가 하려는 일을 빨리하여라." 하시자, 다른 제자들은 뜻을 몰랐지만, 유다는 예수님께서 자기 속마음을 이미 아신다는 것을 깨달았단다. 유다는 곧바로 자리를 떠났어.

이미 날은 저물어 캄캄한 밤이었고, 그는 한걸음에 대제사장들에게 달려가 "내가 예수를 당신들에게 넘기면 얼마를 주시겠습니까?" 하고 값을 흥정했지. 그들은 은 서른 냥을 내밀었고, 유다는 그 돈을 받고 곧 예수님을 배신하기로 약속했단다.

예수님과 따르는 이들

제9장

이제 유월절이 거의 다가오자, 예수님께서는 베드로와 요한 두 제자에게 이렇게 말씀하셨단다.

"예루살렘 성안으로 들어가거라. 물항아리를 이고 가는 한 남자를 만날 텐데, 그를 따라 그의 집으로 가서 '선생님께서 제자들과 함께 유월절 음식을 드실 객실이 어디냐.' 하고 여쭈어라. 그러면 잘 꾸며 놓은 넓은 다락방을 보여 줄 것이니, 그곳에 저녁상을 차리도록 하여라."

두 제자는 말씀하신 대로 그 남자를 만났고, 그가 안내해

준 다락방을 보자마자 음식을 준비했단다. 얼마 뒤 예수님과 나머지 열 명의 사도도 정해진 시간에 도착해 모두 함께 둘러앉아 식사를 시작하셨지.

우리가 "마지막 만찬"이라 부르는 이유가 바로 이때가 예수님께서 사랑하는 제자들과 음식을 나누신 마지막 자리였기 때문이란다. 예수님께서는 상 위의 빵을 드시고 축복하신 뒤 떼어서 제자들에게 나누어 주셨어.

또 잔에 담긴 포도주를 축복하시고 한 모금 마신 뒤 제자들에게 건네시며 "나를 기억하며 이 일을 행하라." 하고 말씀하셨단다.

식사를 마치고 찬송가를 부른 뒤, 모두 올리브 산으로 향했지. 그곳에서 예수님은 "오늘 밤 내가 붙잡힐 터이니 너희는 다 나를 떠날 것이다." 하고 조용히 말씀하셨어.

그러자 베드로가 단호히 "저만은 결코 주님을 떠나지 않겠습니다." 하고 외쳤지. 하지만 예수님께서는 "새벽닭이 울기 전에 네가 세 번 나를 모른다고 할 것이다." 하셨단다.

베드로는 "주님, 제가 주님과 함께 죽을지언정 주님을 부

인하지 않겠습니다.” 하고 다시 한번 굳게 약속했고, 다른 제자들도 모두 같은 말을 했어.

예수님은 제자들을 데리고 기드론 시내를 건너 ‘겟세마네’라 불리는 동산으로 들어가셨단다. 거기서 세 제자와 더 깊숙한 곳으로 걸어가신 뒤 “여기에 머물러 깨어 있으라.” 하시고, 홀로 조금 떨어져 기도를 드리셨지.

그러나 제자들은 피곤해서 그만 잠이 들고 말았단다.

그 밤, 예수님께서는 예루살렘 사람들의 죄악으로 인해 큰 근심과 고통 속에서 눈물을 흘리며 간절히 기도하셨고, 마음이 몹시 괴로우셨단다.

기도를 마치시고 위로를 얻으신 예수님은 제자들에게 돌아오셔서 “일어나라, 가자! 나를 넘겨줄 자가 가까이 왔다.” 하고 말씀하셨지.

사실 가룟 유다는 그 동산을 잘 알고 있었어. 예수님께서 자주 제자들과 그곳을 거니셨기 때문이지. 그때쯤 유다는 대제사장들과 바리새인들이 보낸 군병과 관리들을 데리고 도착했단다.

밤이라 그들은 등과 횃불을 들었고, 혹시 사람들이 예수님을 지키려 들지 두려워 칼과 몽둥이까지 준비했지. 군대 대장은 예수님을 잘 알지 못했기에, 유다는 "내가 입 맞추는 이가 바로 그분이니 붙잡으라." 하고 미리 신호를 정해 두었단다.

그래서 유다가 다가가 "선생님, 안녕하십니까." 하며 입을 맞추자, 예수님께서는 그를 바라보시며 "유다야, 네가 입맞춤으로 나를 팔겠느냐?"고 슬프게 말씀하셨어.

그때 예수님은 군병들에게 "누구를 찾느냐?"라고 물으셨고, 그들이 "나사렛 예수."라고 대답하자 "내가 그 사람이다. 이 제자들은 가게 하라." 하셨단다. 그러자 군병들이 달려들어 예수님을 잡으려고 했어.

그때 베드로만이 주님을 지키겠다며 칼을 빼 대제사장의 종, 말고의 오른쪽 귀를 잘랐단다. 그러나 예수님께서는 베드로에게 칼을 집어넣으라 명하시고, 스스로 몸을 내어주셨어.

그 순간 제자들은 모두 두려워 달아났고, 끝내 예수님 곁에는 한 사람도 남지 않았단다.

제10장

베드로와 또 한 제자는 잠시 뒤 용기를 내어, 예수님을 끌고 가는 경비병을 몰래 따라갔단다. 그들이 간 곳은 대제사장 가야바의 집이었어. 그곳에는 율법학자들과 다른 지도자들이 모여 예수님을 따져 물으려 준비하고 있었지.

베드로는 문간에 서 있었고, 대제사장과 아는 사이였던 다른 제자는 먼저 안으로 들어갔다가 다시 나와서 문을 지키는 여자에게 "이 사람도 들여보내 주세요." 하고 부탁했단다.

여자가 베드로를 유심히 보며 물었어. "당신도 그분의 제자가 아니신가요?" 베드로는 "아니오, 아닙니다."라고 부인했지. 그래서 여자가 문을 열어 주었고, 베드로는 안뜰에 들어가 모닥불 곁에 서서 손을 녹였어.

그곳에는 하인들과 경비병들이 추위를 피해 빽빽이 모여 있었단다. 그날 밤은 몹시 추웠거든. 하인들 가운데 몇 사람도 아까 그 여자와 똑같이 물었어. "당신도 예수님의 제자가 아니오?"

베드로는 다시 "전 아니라니까요." 하고 부인했지. 그때 베드로가 칼로 귀를 잘랐던 대제사장의 종과 친척인 사람이 "내가 정원에서 그와 함께 있는 걸 보지 않았느냐?"라고 따지자, 베드로는 맹세까지 하며 "나는 그 사람을 전혀 모른다!" 하고 또 부인했단다.

그 즉시 닭이 울었고, 예수님께서는 몸을 돌려 베드로를 깊이 바라보셨어. 베드로는 "닭이 울기 전에 세 번 나를 모른다고 할 것." 하시던 주님의 말씀이 떠올라 밖으로 달려 나가서 엉엉 울었단다.

한편, 대제사장은 예수님께 여러 가지를 물었어. "네가 백성에게 무슨 가르침을 주었느냐?"

예수님께서는 "나는 매일 대낮에, 거리 한복판에서 가르쳤다. 그러니 사람들이 내게서 무엇을 배웠는지는 그들에게 직접 물어보라."하고 대답하셨어.

예수님의 이 답변 때문에 한 경비병이 손으로 예수님 뺨을 쳤고, 거짓 증인 둘이 들어와 "저 사람이 '나는 하나님의 성전을 헐고 사흘 만에 다시 세울 수 있다.'라고 말했다."라고 모함했단다. 예수님께서는 거의 아무 말씀도 하지 않으셨지만, 율법학자들과 제사장들은 예수님을 신성 모독죄로 몰아 죽여야 한다고 입을 모았어.

그들은 예수님께 침을 뱉고 주먹질하며 마구 때렸지.

가룟 유다는 예수님께 실제로 사형 선고가 내려지는 모습을 보고, 자신이 저지른 일을 두려움과 공포 속에 깨달았단다. 그는 대제사장들에게 가서 은전 서른 냥을 다시 내밀며 "내가 무죄한 피를 팔아넘겼습니다! 이 돈은 못 가지겠습니다!" 하고 외쳤어.

그리고 그 돈을 성전 바닥에 내팽개치고 절망에 사로잡혀 달아났단다. 유다는 끝내 목을 매어 스스로 목숨을 끊었는데, 밧줄이 약해 그의 몸과 끊어져 땅에 떨어져서 온몸이 터지고 상했어. 보기에도 끔찍한 일이었지.

제사장들은 그 은을 어떻게 할지 망설이다가, 그 돈으로 나그네들을 묻을 묘지를 샀어. 본래 이름은 "토기장이 밭"이지만, 사람들은 그때부터 그곳을 피 밭이라 불렀단다.

예수님은 대제사장들의 집에서 총독 관저, 곧 본디오 빌라도가 재판을 보는 법정으로 끌려갔어. 빌라도는 유대인이 아니었지만 "네 동족 유대인과 그들의 지도자들이 너를 내게 넘겼다. 무슨 일을 했느냐?"라고 물었단다.

빌라도는 예수님께서 아무 잘못이 없다는 것을 알아차리고 나가서 유대인들에게 말했어. 그러나 그들은 "저 사람은 갈릴레아에서부터 거짓말로 백성을 미혹하고 잘못된 일을 가르쳐 왔습니다!"하고 외쳤지.

갈릴레아 일은 헤롯 왕이 판결할 권한이 있었기 때문에, 빌라도는 "나는 죄를 찾지 못했다. 헤롯에게 보내어 심문하

게 하라."하고 말했단다. 그래서 예수님은 헤롯에게 끌려갔어.

헤롯은 엄한 군인들과 무기가 즐비한 자리에서 예수님을 비웃고, 화려한 겉옷을 입혀 조롱한 뒤 다시 빌라도에게 돌려보냈지. 빌라도는 제사장들과 군중을 다시 불러 모아 "이 사람에게서 나는 아무 죄도 찾지 못했고, 헤롯도 마찬가지였다. 그는 죽을 일이 없다."하고 선언했어.

하지만 군중과 제사장들은 "아니다! 그는 죄인이다! 죽여야 한다!"하고 큰 소리로 외쳤단다. 빌라도는 마음이 괴로웠어. 그의 아내도 밤새 꿈에 시달리며 "그 의로운 사람에게 관여하지 마십시오."라는 편지를 보내왔거든.

유월절마다 죄수 한 사람을 놓아주는 풍습이 있었기에, 빌라도는 예수님을 풀어주자고 설득했지. 그러나 제사장들의 선동을 받은 군중은 "안 된다! 바라바를 놓아주고 예수는 십자가에 못 박아라!"하고 외쳤단다.

바라바는 흉악한 죄수로, 여러 범죄로 감옥에 갇혀 곧 사형당할 예정인 사람이었어. 군중이 너무 강하게 나서다 보

니 빌라도는 예수님을 병사들에게 넘겨 채찍질하게 했어.

병사들은 가시나무로 만든 면류관을 예수님 머리에 씌우고, 자주색 로브를 입혀 조롱했단다. 그들은 침을 뱉고 손바닥으로 뺨을 때리며 "유대인의 왕 만세!"하고 조롱했지만, 예수님은 고통을 참고 "아버지, 저들을 용서해 주옵소서. 자기들이 무슨 짓을 하는지 알지 못합니다."하고 기도하셨어.

빌라도는 예수님께 자주색 옷과 가시관을 씌운 채 다시 사람들 앞에 내세우며 "보라, 이 사람이로다!"하고 외쳤어. 그러나 사람들과 제사장, 관리들은 더 거칠게 "십자가에 못 박으시오! 못 박으시오!" 하고 소리 질렀지.

빌라도가 "나는 이 사람에게서 죄를 찾지 못했다. 그러니 너희가 직접 데려가 십자가에 못 박아라."라고 했지만, 그들은 "저 사람은 스스로 하나님의 아들이라 했고, 유대인의 왕이라 했으니, 유대 법으로도 죽어야 하고 로마법으로도 반역이니 죽어야 합니다! 그를 놓아주면 총독님은 가이사 황제의 친구가 아닙니다!"라고 으름장을 놓았단다.

끝내 빌라도는 아무리 애써도 군중을 달랠 수 없음을 보

고, 물을 가져오게 하여 사람들 앞에서 손을 씻으며 "나는 이 의로운 사람의 피에 책임이 없다."하고 선언했어.

그리고 예수님을 그들에게 넘겨 십자가에 못 박도록 내주었지.

군중은 고함치며 예수님을 둘러싸고, 예수님은 여전히 그들을 위해 하나님께 기도하시면서 온갖 모욕과 잔혹한 대우를 견디셨단다.

십자가에 못 박히신 예수님

제11장

아들아, 사람들이 "십자가에 못 박아라!"하고 소리쳤다는 말이 무슨 뜻인지 알 수 있도록, 그 시대의 관습을 먼저 이야기해 줄게.

그때는 참으로 잔혹한 시대였단다(우리는 하나님과 예수님께 이 모든 잔혹한 풍습이 지난 일이 되었음을 감사해야 해).

사형을 선고받은 사람을 죽일 때, 그들을 살아 있는 채로 큰 나무 십자가에 못 박아 땅에 곧게 세워 두고, 태양과 바람에 밤낮으로 그대로 내버려두어 극심한 통증과 갈증으로

죽게 했단다.

그리고 수치를 더하고 고통을 크게 하려고, 죄수에게는 나중에 손이 못 박힐 가로막대를 스스로 등에 지고 처형장 까지 걸어가게 했어. 우리의 복되신 구주 예수님께서도 가 장 악한 범죄자처럼 어깨에 십자가를 짊어지고 박해하는 무 리 가운데 예루살렘을 떠나, 히브리 말로 '골고다'라고 하는 곳—해골의 언덕이라는 뜻이란다—까지 가셨단다.

거기 칼바리 산에 이르러, 사람들은 잔혹한 못을 예수님 의 손과 발에 박아 십자가에 매달았고, 양옆 다른 두 십자가 에는 같은 고통 속에 죽어 가는 범죄자 둘을 달았어.

예수님 머리 위에는 "나사렛 예수, 유대인의 왕"이라고 히브리어·그리스어·라틴어 세 가지로 쓴 패를 달아 두었지.

그동안 네 명의 군병이 예수님 옷을 벗겨 네 몫으로 나누 고, 속옷 한 벌은 누가 가질지 제비뽑기하며 노닥거리고 있 었단다. 그들은 예수님께 쓸개즙을 탄 식초와 몰약 섞은 포 도주를 마시라고 내밀었지만, 예수님은 받지 않으셨어.

지나가던 악한 사람들은 "네가 하나님의 아들이면 십자

가에서 내려와 보라.”하고 조롱했고, 대제사장들도 “죄인을 구원하러 왔다면서, 네 몸부터 구원해 보라!”며 비웃었단다.

함께 매달린 두 강도 중 하나도 “네가 그리스도라면 너와 우리를 살려 봐라!”하고 욕했어. 그러나 다른 한 강도는 뉘우치는 마음으로 “주님, 주의 나라에 임하실 때 저를 기억해 주소서.”하고 간절히 구했고, 예수님께서는 “오늘 네가 나와 함께 낙원에 있으리라.”하고 약속해 주셨어.

그 처참한 자리에서 예수님을 불쌍히 여긴 이는 제자 한 사람과 여자 네 사람뿐이었단다. 그 여자들은 예수님의 어머님, 어머님의 자매 마리아(클로파의 아내), 그리고 예수님의 두 발을 두 번이나 머리카락으로 닦았던 막달라 마리아였어.

예수님께서 사랑하셨던 제자 요한도 거기에 있었지. 예수님은 십자가 위에서 어머니를 보시고, 요한에게 “이제부터 내 어머님을 네 어머니로 모시라.” 하셨고, 그때부터 요한은 어머니를 친어머니처럼 모셨단다.

정오쯤 되자 온 땅에 짙고 무서운 어둠이 깔려 세 시까지 계속되었어. 그때 예수님께서는 큰 소리로 “나의 하나님, 나

의 하나님, 어찌하여 나를 버리셨나이까!” 하고 외치셨단다.

군병들은 식초를 적신 스펀지를 긴 갈대 끝에 꿰어 예수님의 입에 대어 주었어. 그리고 예수님께서 “다 이루었다!” 하시고 “아버지, 내 영혼을 아버지 손에 부탁하나이다!” 하시며 숨을 거두셨어. 그 순간 무시무시한 지진이 일어났고, 성전 휘장이 찢어지고, 바위들이 갈라졌단다.

이를 본 경비병들은 몹시 두려워 서로 “참으로 이분은 하나님의 아들이셨다!” 하고 말했어. 멀리서 십자가를 지켜보던 많은 사람, 특히 여자들은 가슴을 치며 두려움 속에 집으로 돌아갔단다.

다음 날은 안식일이라, 유대인들은 시신이 오래 달려 있지 않기를 원했어. 그래서 빌라도에게 시신을 내려 달라고 요청했고, 군병들이 와서 두 범죄자의 다리를 꺾어 죽음을 재촉했단다.

그러나 예수님께 가 보니 이미 돌아가셔서 다리를 꺾지 않고, 대신 창으로 옆구리를 찔렀어. 그러자 피와 물이 흘러 나왔지.

그때 아리마대 사람 요셉이라는 선한 사람이 있었어. 그는 몰래 빌라도에게 가(유대인들이 두려웠기 때문이란다) 예수님의 시신을 달라고 청했지. 빌라도가 허락하자, 요셉은 니고데모와 함께 시신을 세마포와 향기 나는 재료로 정성껏 감싸, 십자가 자리 근처 동산 바위에 파낸 새 무덤에 모셨어.

그리고 무덤 입구를 큰 돌로 굴려 막았단다. 막달라 마리아와 다른 마리아가 무덤 앞에 앉아 지켜보고 있었어.

대제사장과 바리새인들은 예수님께서 "죽은 후에 사흘 만에 다시 살아나겠다."라고 하신 말씀이 떠올라, 제자들이 시신을 훔쳐 가 부활했다고 거짓말할지 걱정했어.

그래서 빌라도에게 무덤을 철저히 지켜 달라고 했고, 빌라도는 군병을 붙여 돌문을 봉인하게 했단다. 이렇게 무덤은 밤낮으로 지켜졌어. 사흘째 되는 주 첫날 새벽, 막달라 마리아와 다른 마리아, 그리고 몇몇 여인이 더 많은 향기 나는 재료를 가지고 무덤으로 갔단다.

"돌을 누가 굴려 주지?"하고 걱정하던 그때, 큰 지진이 일어나고 천사 한 명이 하늘에서 내려와 돌을 굴려내고 그 위

에 앉았어. 그의 얼굴은 번개 같고 옷은 눈처럼 희었단다. 경비병들은 그 광경에 기절해 쓰러졌어.

막달라 마리아는 돌이 굴려진 것을 보자마자 달려가 베드로와 요한에게 "주님을 누가 가져가 버렸어요!"하고 알렸어. 두 제자가 급히 무덤으로 달려갔는데, 요한이 먼저 도착해 몸을 굽혀 보니 세마포가 놓여 있을 뿐이었지만 안에 들어가지는 않았지.

뒤따라온 베드로가 먼저 들어가 보니, 세마포는 한곳에, 머리를 싸던 수건은 따로 개켜져 있었어. 요한도 그제야 들어가 같은 것을 확인했고, 두 사람은 이 일을 다른 제자들에게 알리려고 집으로 돌아갔단다.

막달라 마리아는 무덤 밖에서 울다가, 몸을 굽혀 안을 들여다보니 흰옷 입은 천사 둘이 예수님이 누우셨던 자리에 앉아 있었어. 천사들이 "여인아, 왜 울고 있느냐?" 하자, 그녀는 "누가 내 주님을 가져가셨는데, 어디에 뒀는지 모르겠어요." 하고 대답했지.

마리아가 몸을 돌이키자, 예수님이 서 계셨지만, 그는 그

분을 알아보지 못하고 동산지기인 줄 알았어. 예수님께서 "여인아, 왜 울며 누구를 찾느냐?"라고 물으시자, 마리아는 "주인님, 혹 주님이 옮겨 두셨다면 어디에 두셨는지 말씀해 주세요. 제가 모셔 가겠습니다." 했어.

그때 예수님이 "마리아야."하고 이름을 부르시자, 그녀는 그제야 예수님이신 줄 알고 "선생님!"하고 외쳤단다.

예수님은 "나를 붙잡지 말아라. 나는 아직 아버지께 올라 가지 않았다. 내 형제들에게 가서 '나는 내 아버지이자 너희 아버지, 내 하나님이자 너희 하나님께로 올라간다.'라고 전 하라." 하셨어.

막달라 마리아는 곧 달려가 제자들에게 예수님을 뵙고 들은 말씀을 전했단다. 그때 다른 여자들도 제자들에게, 무 덤에서 빛나는 옷을 입은 두 사람이 "예수님이 살아나셨 다."라고 알려 주었고, 돌아오는 길에 예수님을 만나 그 발 을 붙잡고 경배했다고 전했어.

하지만 처음엔 사도들이 이 말을 허튼소리로 여기고 믿 지 않았단다.

한편, 기절했다 깨어난 경비병들이 대제사장에게 무슨 일이 있었는지 알리자, 제사장들은 많은 돈을 주며 "우리가 자는 사이에 제자들이 시체를 훔쳐 갔다고 해라."하고 입막음했어.

바로 그날, 열두 사도 중 시몬 베드로와 클레오파—또 다른 제자—는 예루살렘에서 조금 떨어진 엠마오라는 마을로 가며 예수님의 죽음과 부활 이야기를 나누고 있었어.

그때 한 낯선 이가 다가와 성경 말씀을 풀어주며 하나님 이야기를 들려주자, 둘은 그 지식에 놀랐단다. 날이 저물 즈음 마을에 다다르자, 두 사람은 그 낯선 이를 집으로 모셔 저녁을 함께했어.

식탁에 앉아 그가 빵을 들어 축복하고 떼어 주는 순간, 두 사람 눈이 열려 그이가 바로 예수님이신 줄 알아보았고, 그 즉시 예수님은 그들 앞에서 사라지셨어.

두 사람은 곧장 예루살렘으로 뛰어 돌아가 제자들에게 본 일을 알렸어. 그들이 이야기하는 동안 예수님께서 문이 닫혀 있는데도 갑자기 가운데 서시며 "평안하냐?" 하고 인

사하셨단다.

제자들이 겁에 질리자, 예수님은 손과 발을 보여 주며 만져 보라고 하시고, 구운 생선과 벌집 꿀을 잡수시며 그들이 안심할 시간을 주셨어. 그때 열두 사도 중 도마는 자리에 없었어.

나중에 제자들이 "우리가 주님을 뵈었다!"라고 하자, 도마는 "내가 손에 못 자국을 직접 보고 옆구리에 손을 넣어 보지 않고는 믿지 못하겠다." 했지.

여드레 뒤 문이 닫힌 방에 예수님이 다시 나타나 "평안하냐?" 하고 인사하시고, 도마에 "네 손가락을 내 손에 대 보고, 네 손을 내 옆구리에 넣어 보아라. 믿음 없는 자가 되지 말고, 믿는 자가 되어라." 하셨단다.

도마가 감격하여 "나의 주, 나의 하나님!"하고 고백하자, 예수님께서는 "네가 나를 보고서야 믿느냐? 보지 않고도 믿는 사람들은 복되도다." 하셨단다.

그 뒤 예수님은 한 번에 오백 명 이상의 제자들 앞에 나타나시기도 했고, 사십 일 동안 여러 사람에게 보이시며 세

상에 나가 복음을 전하고 악한 사람들의 핍박을 두려워하지 말라고 가르치셨어.

마지막으로 제자들을 베다니 근처까지 데리고 나가 축복하시고, 구름을 타고 하늘로 올라가 하나님 오른편에 앉으셨어. 제자들이 하늘을 바라보고 있을 때 흰옷 입은 두 천사가 나타나 "여러분이 본 그대로, 주님은 언젠가 다시 오셔서 세상을 심판하실 것입니다." 하고 알려 주었단다.

예수님이 보이지 않게 되자, 사도들은 주님이 명하신 대로 사람들에게 복음을 전하기 시작했어. 그들은 악한 유다 대신 맛디아를 새 사도로 뽑았단다. 그리고 예수님의 삶과 죽음, 십자가와 부활, 주님의 가르침을 전하고 주님의 이름으로 세례를 주었어.

또 예수님이 주신 능력으로 병든 이를 고치고, 눈먼 자를 보게 하고, 말 못 하는 이를 말하게 하고, 귀먹은 이를 듣게 했단다. 베드로가 감옥에 갇혔을 때는 한밤중 천사가 나타나 쇠사슬을 풀어주어 그를 데리고 나왔고, 그가 전하던 말씀이 거짓 없이 옳았다는 것을 하나님께서 보여 주셨어.

어디를 가든 그들은 박해받고 학대당했어.

특히 사울이라는 사람이 그리스도인들을 해치려고 앞장섰지. 그는 스데반이 돌에 맞아 죽을 때 옆에서 그 살벌한 일을 도왔어. 그런데 다마스쿠스로 그리스도인을 잡으러 가는 길, 하늘에서 강한 빛이 번쩍이고 "사울아, 사울아, 왜 나를 박해하느냐?" 하는 음성이 들리며 사울을 땅에 넘어뜨렸단다.

사울은 눈이 멀어 사흘 동안 보지도 먹지도 못했어.

그러나 하나님께서 보내신 제자가 그의 눈을 뜨게 해 주자 사울은 곧 예수님을 믿고 세상 곳곳에서 복음을 전하는 사람이 되었단다. 우리는 그를 바울이라고 부르지.

사람들은 예수님 그리스도께서 돌아가신 십자가를 표로 삼고, '그리스도를 따르는 사람'이라는 뜻으로 그리스도인(크리스천)이라는 이름을 갖게 되었어. 그 당시 세상 종교들은 거짓되고 잔혹했기에, 그리스도인들은 박해를 많이 받았어.

맹수에게 찢겨 죽기도 하고, 불에 태워지기도 하고, 목 베임을 당하기도 했지. 하지만 그들은 올바른 일을 하고 하나

님을 믿었기에 어떤 두려움도 이겨 냈어.

이렇게 수없이 많은 그리스도인이 일어나고 또 죽임을 당했지만, 그 뒤를 또 다른 그리스도인들이 이어받아 복음을 전했고, 마침내 예수님의 가르침이 세상의 가장 큰 진리가 되었단다.

잊지 말렴! 그리스도인의 삶이란 언제나 선을 행하는 것이야. 심지어 우리에게 해를 끼치는 사람에게도 선을 베푸는 것이란다. 이웃을 내 몸같이 사랑하고, 남에게 대접받고 싶은 대로 먼저 대접하는 것, 부드럽고 자비롭고 용서하기를 좋아하며, 그런 마음을 내세우지 않고 조용히 실천하는 것, 그리고 하나님 사랑을 자랑하기보다는 매일 작은 일에서 옳은 일을 선택함으로써 하나님께 대한 사랑을 보여 주는 것, 그게 바로 참된 그리스도인의 길이야.

우리가 이렇게 살며 주님 예수님의 삶과 가르침을 마음에 새기고 실천한다면, 하나님께서 우리의 잘못을 용서하시고 우리가 평안 속에서 살며 죽을 수 있도록 도와주실 거란다.

부활하신 예수님

이 책의 원작자 소개

찰스 디킨스
(Charles Dickens)

1812년 2월 7일, 영국 포츠머스 출생
1870년 6월 9일, 영국 켄트 사망

찰스 디킨스(Charles Dickens)는 19세기 영국을 대표하는 소설가로, 사회적 불의와 인간애, 그리고 풍부한 상상력으로 수많은 독자에게 감동을 준 작가입니다. 디킨스는 문학을 통해 사회개혁의 목소리를 낸 작가입니다. 단순한 소설가를 넘어, 교육·빈곤·아동 노동·사법제도 개혁에 기여 했고, 그 영향력은 지금까지도 이어지고 있어요.

*

<기본 정보>

이름 / 찰스 존 허펌 디킨스 (Charles John Huffam Dickens)
출생 / 1812년 2월 7일, 영국 포츠머스
사망 / 1870년 6월 9일, 영국 켄트
직업 /소설가, 언론인, 연설가
대표 장르 / 사회 비판 소설, 성장소설, 고딕풍 허구.

<주요 작품>

[올리버 트위스트 (Oliver Twist)]
고아가 겪는 고통과 사회의 위선을 고발한 성장소설.

[크리스마스 캐럴 (A Christmas Carol)]
구두쇠 스크루지가 성탄절의 기적을 통해 변화하는 이야기.

[데이비드 코퍼필드 (David Copperfield)]
디킨스의 자전적 요소가 반영된 대표적 성장소설

[위대한 유산 (Great Expectations)]
소년 핍이 겪는 성장과 계급, 사랑, 실망의 여정

<디킨스의 문체와 특징>

산업혁명 시기 영국 하층민의 삶과 고통을 현실적이면서 생생하게

묘사했으며, 가볍지만, 날카로운 풍자적 문체로 사회 모순을 비판했어요. 또한 긴장, 반전, 감정선을 활용한 흡입력 있는 극적 전개를 했고, 인내, 정의, 사랑, 구원과 같은 인간적 가치를 강조하는 도덕적 메시지를 알렸습니다.

특히 각 인물에 개성을 부여하여 독자의 공감을 유도했는데, 등장인물의 생생함이 커다란 역할을 했어요.

<디킨스의 생애와 신앙>

어린 시절, 아버지가 채무로 감옥에 가면서 공장에서 일해야 했고, 이 경험이 소설의 사회 비판 정신에 깊이 반영되었어요.

디킨스는 형식적인 종교보다는 '예수님의 가르침'을 실천하는 도덕적 신앙을 중시했는데, 이것이 그의 기독교적 가치관이었습니다.

원작인 [The Life of Our Lord]는 자녀들에게 예수님을 소개하고자 쓴 책으로써 사랑과 겸손, 용서, 자비에 대한 디킨스의 깊은 신앙 고백이 담겨 있죠.

<찰스 디킨스의 종교관>

찰스 디킨스의 종교관은 매우 깊고 진실했지만, 형식적이기보다는 실천적인 신앙에 가까웠어요. 그는 정통 교리나 교회 제도에 매이지 않고, 예수 그리스도의 인격과 가르침을 중심에 두고 살아가야 한다고 믿었죠. 그의 종교관의 특징은 이렇습니다.

• 기독교적이지만 교조적이지 않은 신앙

디킨스는 기독교 신앙인이었고, 평생 교회에 다녔습니다. 하지만 그는 교리 중심보다는 삶 속에서 실천되는 신앙을 더 중요하게 여겼습니다.

특히 형식주의적 신앙이나 위선적인 종교인들에 대해서는 날카로운 비판을 가했죠. 이는 그의 소설 곳곳에 드러나요. 예를 들면, 디킨스의 작품인 [올리버 트위스트]에서는 자비보다 법과 질서만 강조하는 위선적인 종교인들이 등장해, 디킨스는 이들을 비판적으로 그립니다.

• 예수님의 인격에 대한 깊은 존경

디킨스는 예수님을 단순한 종교의 상징이 아닌, 인류를 위한 본보기로 보았습니다. 그는 예수님의 사랑, 겸손, 용서, 진실, 자비의 삶을 자녀들이 따르길 간절히 바랐어요.

[The Life of Our Lord]는 디킨스가 자녀들에게 예수님의 생애와 가르침을 직접 풀어 쓴 이야기이며, 그는 이 책을 생전에 절대 출간하지 말라고 했고, 오직 가족을 위한 신앙 유산으로 남기길 원했습니다.

• 성경은 윤리와 사랑의 책

디킨스는 성경을 도덕과 사랑의 지침서로 여겼습니다. 예수님을 모든 인류가 따라야 할 도덕적 이상으로 강조했으며, 종교적 분열이나 논쟁보다는 사랑과 나눔의 실천에 집중했어요.

• 기독교적 휴머니즘

디킨스의 문학은 모두 '기독교적 인간애'에 바탕을 두고 있습니다. 그는 가난한 이들, 고통받는 아이들, 소외된 이들을 예수님의 눈으로 바라보려 했습니다. 이런 태도는 특히 [크리스마스 캐럴]에서 강하게 드러나는데, 구두쇠 스크루지가 변해가는 과정은 회개와 구원, 즉 복음의 은혜를 이야기하고 있어요.

디킨스는 예수님을 '가르쳐야 할 인물'이 아니라 '닮아야 할 인물'로 보았고, 그런 마음이 작품과 가정, 삶 전체에 깊이 새겨져 있었어요.

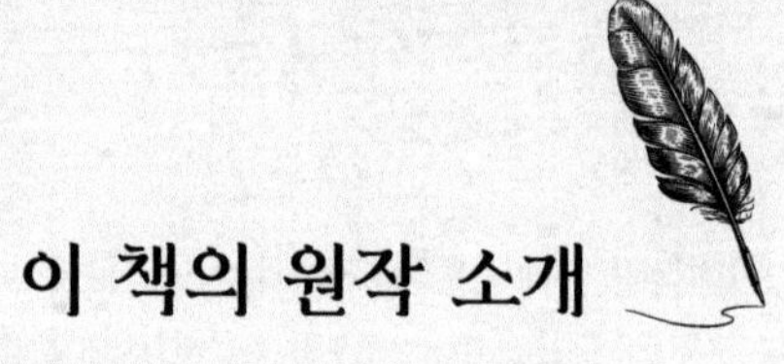

이 책의 원작 소개

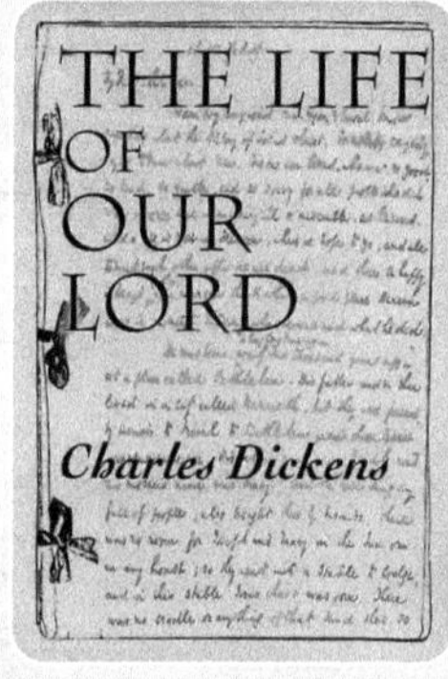

원작 명 / 『The Life of Our Lord』
집필 시기 / 1846년경
공개 시기 / 1934년 (사후 출간)
장르 / 종교적 전기, 기독교 교육서
대상 / 디킨스의 자녀들
특징 / 디킨스의 사적인 가정 교육용

출처 : Westminster John
Knox Press

"아이들에게 전해주는 예수님의 이야기, 찰스 디킨스가 남긴 가장 조용하고 따뜻한 유산."

디킨스는 이 책을 자신의 여덟 자녀를 위해 집필했으며, 생전에는 절대로 출간하지 말 것을 유언으로 남겼습니다.

신앙심 깊은 아버지로서, 자녀들이 예수 그리스도의 생애와 가르침을 쉽게 이해하고 올바른 도덕적 삶을 살도록 돕고자 썼습니다.

성경을 토대로 예수의 일생을 간결한 이야기체로 정리해, 아이들도 이해하기 쉽게 풀어썼습니다. 그는 사랑이라는 주제로 예수님의 생애를 풀어내고, 용서라는 언어로 삶의 방향을 제시합니다.

*

<원작의 내용>

예수 그리스도의 탄생부터 십자가에서의 죽음, 부활까지의 생애를 요약한 이야기입니다. 성경의 이야기들을 문학적인 문장으로 풀어내고, 도덕적 교훈과 신앙의 중요성을 강조합니다.

디킨스는 자녀들에게 이 이야기를 "세상에서 가장 위대한 이야기"라고 소개합니다.

<원작의 특징>

단순하고 따뜻한 어조 : 아이들에게 말하듯 단순하고 따뜻하며 다정한 어조로 쓰여 있어요. 그리고 신학적 해석보다는 인물 중심의 '이야기'에 집중했고 디킨스 특유의 감동적 인간애가 종교 이야기 속에서도 잘 드러납니다.

디킨스가 사망한 후 64년이 지난 1934년에 그 자손의 동의로 출간했습니다. 많은 독자가 디킨스의 인간적인 면모와 깊은 신앙심을 느낄 수 있는 책으로 평가되고 있어요.

우리가 흔히 아는 [올리버 트위스트], [크리스마스 캐럴]과 같은 작품들과는 달리, 공개되지 않은 작가의 진심 어린 신앙 고백이라는 점에서 문학사적으로도 매우 귀중합니다.

특히 디킨스가 자신의 자녀들만을 위해 썼다는 점이 감동적으로 다가오는 작품입니다.

따뜻하고 단순한 이야기체가 마음을 편안하게 하는 이 책은, 디킨스가 자녀들에게 이야기하듯 구어체로 쓰여 있어요. 마치 "잘 들어봐, 얘들아." 하고 말하는 것처럼 시작하고, 전체 내내 설명조가 아닌 이야기조로 서술됩니다.

문장은 짧고 명확하며, 어휘는 아이들이 이해할 수 있을 만큼 단순합니다. **신학적 용어나 교리적 해석은 피하고, 이야기의 흐름에 집중하는데요.**

예를 들면 이렇습니다.

"My dear children, I am very anxious that you should know something about the history of Jesus Christ. For everybody ought to know about Him."

(얘들아, 나는 너희가 예수 그리스도의 이야기를 반드시 알았으면 한단다. 모두가 그분에 대해 알아야 하니까)

즉, 설교가 아니라 대화, 신학이 아니라 사랑으로 쓰인 이야기라는 점이 문체의 가장 큰 특징입니다.

<디킨스의 종교관>

디킨스는 개인적으로 깊은 기독교 신앙을 가졌지만, 경직된 교리주의나 위선적인 종교인들에는 비판적이었습니다. 그의 종교적 생각은,

'신앙은 삶의 도덕과 실천을 위한 것이어야 하며, 위선적인 신앙은 가짜'라고 여겼습니다.

그는 예수님의 인격, 자비, 겸손, 사랑을 강조했고, 복음서에 나타난 예수님의 삶을 도덕적 이상으로 여겼어요.

[The Life of Our Lord]에서도 예수님을 엄격한 신이 아니라, 사랑과 친절의 상징으로 묘사합니다. 예컨대 디킨스는 다음과 같은 교훈을 아이들에게 전합니다.

**"그분처럼 착하고, 겸손하며, 친절하고,
정직하고, 남을 배려하며 살아가거라."**

이것이 디킨스 신앙의 핵심이자, 이 책의 핵심 메시지이기도 해요.

원작을
애니메이션으로 만들다!

킹 오브 킹스
(The King of Kings)

감독·각본 / 장성호

제작사 / 모팩스튜디오
(Mofac Studios, 한국)

배급사 / 디스테이션
(Dstation, 한국)

개봉일 / 2025년 4월 11일 (북미)
2025년 7월 16일 (한국)

제작 기간 / 10년

제작비 / 약 360억 원

장르 / 애니메이션, 가족, 종교

등급 / 전체 관람가

출처 : 나무위키

2025년 4월 11일 북미에서 개봉한 한국 애니메이션 영화

『킹 오브 킹스 (The King of Kings)』는 찰스 디킨스의

『우리 주님의 생애 (The Life of Our Lord)』를 원작으로

하여 예수 그리스도의 생애를 그린 작품입니다. 이 영화는 한국의 모팩스튜디오(Mofac Studios)가 제작하였으며, 장성호 감독이 연출과 각본을 맡았습니다. 또한, 김우형 촬영감독이 공동 제작자로 참여하였고, 김태성 음악감독이 음악을 담당하였습니다.

*

<애니메이션 줄거리>

영화는 찰스 디킨스가 아들 월터에게 예수 그리스도의 생애를 들려주는 이야기로 시작됩니다. 월터는 아버지의 이야기를 통해 예수의 삶을 따라가며, 그 과정에서 신앙과 사랑, 희생의 의미를 깨닫게 됩니다.

이 작품은 디킨스의 [우리 주님의 생애]에서 영감을 받아 제작했으며, 원작에서는 디킨스의 자녀는 여덟 명이지만, 영화에서는 아들 한 명으로 표현했어요.

<애니메이션의 특징>

모팩스튜디오의 뛰어난 시각효과 기술력으로 제작되어, 부드러운 움직임과 섬세한 캐릭터 디자인, 아름다운 배경 묘사 등 높은 수준의 3D 애니메이션 질을 자랑합니다.

· 보편적인 메시지

예수 그리스도의 생애를 통해 사랑, 희생, 구원과 같은 보편적인 메시지를 애니메이션이라는 장르를 통해 효과적으로 전달합니다.

· 할리우드 유명 배우들의 참여

오스카 아이작, 피어스 브로스넌, 케네스 브래너, 우마 서먼, 마크 해밀, 벤 킹슬리, 포레스트 휘태커 등 쟁쟁한 할리우드 스타들이 목소리 연기에 참여하여 작품의 완성도를 높였어요.

· 흥행 성과

개봉 첫날 701만 달러의 매출을 기록하며 북미 박스오피스 2위에 올랐고, 첫 주말에 1,910만 달러의 수익을 올렸습니다. 관객 평가에서도 높은 점수를 받고 있어요.

<제작 과정>

· 제작사 및 기간

한국의 모팩스튜디오(Mofac Studios)에서 10년이라는 긴 시간에 걸쳐 제작한 대형 프로젝트입니다. 3D 애니메이션의 높은 질을 위해 최신 그래픽 기술과 렌더링 기법을 적용했어요.

· 기술력

모팩스튜디오는 정교한 캐릭터 모형화, 자연스러운 동작 애니메이션, 섬세한 배경 묘사에 심혈을 기울여, 실사에 가까운 생생한 영상미를 완성했습니다. 특히 빛과 그림자, 자연광 효과 등을 현실감 있게 표현해 몰입감을 높였습니다.

· 협업

한국 스태프뿐 아니라 해외 전문 스태프들과도 협업하여 글로벌 수준의 완성도를 추구했어요. 음향, 시각효과, 후반작업 등 모든 과정에 걸쳐 높은 품질 관리가 이루어졌습니다.

<캐릭터 디자인>

· 콘셉트

성경 속 인물과 이야기의 신성함을 존중하면서도 현대 관객이 쉽게 공감할 수 있도록 친근하고 따뜻한 이미지를 중심으로 디자인했습니다.

· 주요 캐릭터

예수 그리스도, 제자들, 성경 속 인물들이 각기 독특한 개성과 표정을 지니도록 세밀하게 표현되었고, 감정선 전달에 집중했어요.

· 스타일

전통적인 성경화에서 느껴지는 신비로운 분위기와 현대적 애니메이션의 부드러움을 조화시켜, 애니메이션 특유의 따뜻하고 섬세한 느낌을 살렸습니다.

· 의상과 배경

고증을 바탕으로 의상과 배경의 시대적 분위기를 재현해 역사적 진정성을 살렸으며, 색채는 따뜻한 톤으로 시청자의 감성을 자극합니다.

<음악>

• 음악감독

김태성 음악감독이 영화의 감정선을 섬세하게 조율하며, 감동을 극대화하는 사운드트랙을 만들었습니다.

• 음악 스타일

오케스트라를 기반으로 한 클래식 음악과 전통 악기 소리를 적절히 융합해 영화의 신성하고 경건한 분위기를 살렸어요.

• 주요 테마

예수 그리스도의 생애와 희생, 사랑을 표현하는 주요 주제곡들이 작품 전반에 걸쳐 반복되며 서사와 감정을 깊게 전달합니다.

• 효과음 및 음향

자연의 소리, 사람들의 목소리, 환경음 등 디테일한 음향 효과를 섬세하게 배치해 몰입도를 높였어요. 이 영화는 제작 전 과정에서 '신앙과 예술의 융합'을 목표로 하여, 시각적 아름다움뿐 아니라 음악과 스토리텔링의 조화까지 세심하게 신경 쓴 작품입니다.

책을 덮으며

홍 기자가 선정한 가장 인상 깊은 장면들!

예수께서 어린아이를 안아주시는 장면

디킨스는 이 장면을 특별히 강조하며, "예수님은 누구보다 어린이들을 사랑하셨다."라고 씁니다. 이 말은 자녀들을 향한 디킨스의 감정과도 겹칩니다.

그는 이 이야기를 통해 어린이들 역시 예수님의 사랑을 받을 자격이 충분함을 알려 주며, 자녀들에게 자기 자신을 소중히 여기라고 말하는 듯한 따뜻함이 느껴집니다.

십자가에서의 용서 장면

디킨스는 예수님이 십자가에서 "저들을 용서하소서. 자기들이 무슨 짓을 하는지 알지 못하나이다."라고 한 말을 극적으로 강조합니다. 자녀들에게는 이 장면을 통해 "진정한 용서와 자비가 무엇인지" 알려 주려는 마음이 느껴지죠.

찰스 디킨스가 미국을 방문하여 강연하던 중 추수 감사절을 맞이했습니다. 그때 그가 한 이야기가 있는데요. 신실한 믿음을 가진 찰스 디킨스가, 자녀를 위해 쓴 이 책의 주제와 맥락을 같이 하는 중요한 메시지입니다.

"추수 감사절은 하루가 아니라 364일입니다.
일 년 중 하루는 불평으로 사용할지라도
364일은 감사해야 합니다.
즉, 하루 이상은 원망과 불평을 하지 말고
살아야 합니다."

편집인 홍기자

# Afterword

Reporter Hong's Selection of the Most Memorable Scenes in the Book!

The Scene Where Jesus Embraces the Children

Dickens places special emphasis on this scene, writing that "Jesus loved children more than anyone else." This reflects not only Jesus's heart but also Dickens's own deep affection for children.

Through this story, he gently teaches that children are fully worthy of Jesus's love. There is a warmth in his words, as if telling his own children to cherish themselves and know how precious they are.

The Scene of Forgiveness on the Cross

Dickens powerfully highlights Jesus's words from the cross: "Father, forgive them, for they do not know what they are doing."

Through this scene, Dickens seems to be teaching his children what true forgiveness and mercy look like.

During Charles Dickens's visit to the United States, he happened to give a lecture around the time of Thanksgiving. On that occasion, he shared a simple yet profound message—one that reflects not only his devout Christian faith but also the very heart of this book, The Life of Our Lord, which he lovingly

wrote for his children.

"Thanksgiving is not just one day—it is 364 days. You may reserve one day of the year for complaints, but the remaining 364 should be filled with gratitude. In other words, we should live our lives without grumbling or resentment for more than one day."

Editor *Reporter Hong*

초판 1쇄 발행일 : 2025년 7월 25일

원 작 자 : 찰스 디킨스 (Charles Dickens)
번　　역 : Daniel Choi
펴 낸 이 : 홍수진

펴 낸 곳 : 찜커뮤니케이션
　　　　　등록번호 제 2015-000041호
　　　　　등록일자 2015. 03. 03
　　　　　주소 서울특별시 동대문구 장한로 18길31 201동 806호
　　　　　전화 070-4196-1588
　　　　　팩스 0505-566-1588
　　　　　이메일 zzimmission@naver.com
　　　　　블로그 https://blog.naver.com/zzimcom
　　　　　인스타그램 @book7book
　　　　　트위터 @zzim_hong

표지 / 본문 일러스트 : B & S Design
본문 편집 : 백미숙
본문 정리 : 홍기자

값 : 13,000원
ISBN 979-11-87622-26-0